굿바이 스쿨

굿바이 스쿨

안 현 진

인문MnB

내가 다니던 학교를 떠올리면 언제나 커다란 느티나무가 있었다. 그 나무
가 만든 그늘에서 행복한 놀이를 했다. 세상 근심 하나도 없는 아이가 놀고
있었다.

봄이 되면 앙상한 나무는 놀랍게도 연둣빛 싹을 내고 잎을 내고 가지를 뻗
었다. 그리고 어김없이 큰 그늘을 내어 주었다. 항상 그 자리에서.

나는 55년 학교를 다녔다. 학생으로, 교사로 그렇게 학교를 맴돌았다. 이
제 학교를 졸업하려 한다. 내 인생의 중심이 되어 온 학교는 나를 나무처럼
키웠다.

어린줄기는 어느새 가지를 뻗고 울창한 나무가 되어갔다. 반백 년 세월 동
안 나무는 수없이 많은 잎을 만들었고, 그늘을 만들었고, 많은 이야기를 담
고 있었다.

이제 나무에게 이야기 좀 들려 달라고 하자. 나무는 드문드문 기억을 더듬
는다. 오래전 이야기는 오히려 더 생생하다. 오래 품어온 만큼 간절하다. 어
쩌면 아무에게도 뱉지 못한 비밀이야기도 있을 법하다. 하다 보면 수다쟁이
가 될 것이다. 이야기 봇물은 한번 터지면 걷잡을 수 없을 테니까.

10년 단위로 이야기를 풀어 보려 한다. 연둣빛 둥지에서 찬란한 봄빛을 받
아 더 단단하고 푸르게 자라온 이야기들. 큰 나무는 아직 제 할 일이 많다는
것을 알고 있다. 한 번쯤은 담아 두었던 이야기를 털어내고 싶겠지.

한 곳에 뿌리를 내리고 있던 그도 이제 자리를 옮겨야 할 때다.
조금 두려운 마음도 아쉬운 마음도 모두 접고 떠나자.

너무 오래 버티고 있었는지도 몰라.
세상은 빠른 속도로 변하고 있어.
라떼는 말이야⋯⋯
꼰대라고?
그래도 누군가는 귀 기울이는 친구가 있을지도 몰라.

나무는 자신을 흔들어 주는 바람의 손길에 감사하며
용기를 내어 본다.
이제 한 아이가 학교를 통해서 자라난 이야기를 들려줄게.

도란도란

소곤소곤

귀 기울여 봐.

2021년 구월에
안현진

| 차례 |

제5장 보랏빛 미래를 꿈꾸며

제1장

연둣빛 둥지

나 머리 기를래요

1960년 1월, 순흥 안씨 42대손으로 태어난 첫 손주인 나는 집안의 기대에 부응하지 못한 딸로 태어났다. 할아버지도 독자셨고, 손이 귀하다는 이유로 대대손손 아들을 원하는 집안이었다. 다행히 할머니가 아들 셋과 고명딸을 두었으나 내 사촌 모두 딸인 것을 보면 결국 원하는 손자를 얻지 못하였고 돌아가신 조부께서는 아쉽게도 대가 끊겼다고 애통해하셨다.

내 이름은 안현진(安賢珍), 할아버지께서 심사숙고하여 지어 주셨다고 한다. 친구 이름의 ○숙, ○자, ○옥 등 흔한 이름이라고 투덜거림을 들을 때면 난 살짝 미소 짓는다. 중성적 이미지를 가지고 있어 남자 이름으로도 검색되지만, 이름에 대한 자부심은 크다.

나는 증조할머니까지 계신 대가족 속에서 자랐다. 고모, 삼촌, 노할머니까지 모두 나를 예뻐해 주셨다. 부모님은 무슨 이유인지 일찍이 분가하였다. 내가 할머니 곁에 남게 된 직접적인 이유는 터울이 밭은 동생이 바로 생겼기 때문이지만, 어른들만 계시는 집안에 그나마 웃음을 주는 사랑받는 존재이기도 했다.

내가 남과 다른 환경이라는 것을 깨닫게 된 것은 초등학교 입학한 후부터였다. 다른 아이들은 엄마와 아빠와 함께 사는데 내 보호자는 할아버지였다. 부모가 없는 것도 아닌데 왜 같이 살지 않는지 이유를 알 수 없었다. 방학 때가 되면 여행 가듯 아버지를 따라 버스를 타고 집에 다녀왔다. 버스에서 내뿜는 매캐한 휘발유 냄새가 역해 차에서 내릴 때면 어김없이 토했다. 차멀미가 심해 우리 집 가는 것도 즐겁지 않았다. 꼭 친척 집처럼 어색하고 동생과도 서먹한 만남을 갖다가 익숙해질 무렵이면 본가로 돌아왔다. 부모 자식의 정이라도 물리적 거리를 무시하지는 못하는 것 같다. 돌아오는 길은 항상 신났다. 물 만난 고기처럼 편안한 일상으로 서둘러 돌아오곤 했다.

예전에는 집에 사진기가 거의 없었다. 동네 사진기사가 한 차례 지나갈 때면 집집마다 마당 한 편에서 포즈를 취하고 사진을 찍기도 했다. 물론 흑백사진이었고, 사이즈도 무척 작은 편이었다. 그래도 계절마다 찍은 사진을 앨범에 고이 보관하고 있었다. 그런데 내 모습이 남자아이 같았다. 머리는 상고머리에, 양복바지 차림이었다. 할아버지는 손자의 아쉬움을 손녀딸인 나에게 투영하고 있었나 보다.

일곱 살이 되면서 나는 이발소 가기를 거부했다. 남자아이처럼 바리캉으로 목덜미 부분을 밀어내는 행위가 싫었다. 옆집 아이처럼 치마를 입겠다고 했고, 머리도 길러 땋고 다니겠다고 고집을 부렸다. 나는 중학교 입학 전까지 긴 머리를 양 갈래로 땋은 머리를 하고 다녔다. 결국 나는 일곱 살에 비로소 내 정체성을 찾았다고 할 수 있겠다.

난 아직도 어두운 것을 좋아하지 않는다. 어릴 때부터 불만 끄면 울었다고 한다. 잠이 들기 전까지 누워서 혼자 무언가를 하며 시간을 보내는 습관은 지금도 여전하다. 서너 살 무렵의 일이다. 연필 하나를 주워 들고 누워서 잠들기 전까지 방 벽에다 낙서했나 보다. 아침에 보니 아랫벽이 새까맣게 그려져 있어 이게 뭔가 하고 식구들이 어이없어했다. 고모한테 꾸중을 들었다. 고모는 야단친 것이 미안해서인지 공책을 한 권 사다 주었다. 여기다 쓰고 싶은 것 마음껏 쓰라는 배려였다. 0부터 9까지 열 개의 숫자가 쓰여 있는 산수 공책이었다. 아직 손에 힘이 없어 연필을 쥐고 쓰는 일은 쉽지 않았다. 그래도 매우 흥미 있게 글씨 쓰는 재미를 발견했다. 하루 한 장씩 쓰는 일을 즐겼다. 내 학습에 관심을 기울여 준 사람은 바로 고모였다. 고모는 교사의 꿈을 꾸고 사범대학에 진학했으나 6·25 전쟁으로 피난을 가야 했고, 행여 정신대에 끌려갈까 두려워하는 시대를 거쳐, 중퇴와 함께 꿈도 접게 되었다. 노처녀인 고모는 엄마처럼 나를 늘 보살폈다.

한 권의 공책이 여러 권으로 늘어날 때쯤, 여섯 살이 되어 웬만한 글자는 읽고 쓸 수 있었다. 유독 글자에 대한 호기심이 컸고, 기억력도 좋은 편이었다고 한다. 일곱 살이 되자 한글을 다 깨우친 나를 고모는 영재쯤으로 생각했다. 보통 우리 나이 여덟 살에 입학 통지가 나오지만, 굳이 일 년을 그냥 묵힐 필요가 있냐며 나를 학교에 보내자고 하였다. 당시 집안 어른들은 여덟 살이 되어 학교 입학을 하게 되면 우리 부모에게 보내려고 하였나 보다. 아직 나를 데려갈 형편이 되지 못한 부모 집보다 그냥 할아버지를 보호자로 하여 이른 나이에 학교 보내기로 결정이 났다. 나중에 들은 이야기론 통반장에게 담뱃값을 주고 나를 학교에 갈 수 있게 했다고 한다. 당시 적령기 아동임에도 학교에 보내지 않아 일이 년 늦게 입학하는 아이들도 제법 있었다. 우리 반만 해도 아홉 살 언니 같은 아이도 있었다.

　그런데 이 사건은 고모의 착각에서 비롯된 것이다. 학교는 글자만 안다고 가능한 것이 아니라는 사실을 말이다. 당시 나는 십오 킬로그램의 아주 왜소한 아이였다. 더구나 온실 속 화초처럼 어른들 속에서 보호만 받고 자랐다. 사회생활의 경험이 하나도 없었고, 요즘처럼 유치원 교육도 없었기에 정신연령이 낮은 나는 날것의 경험을 고스란히 겪을 수밖에 없었다.

　추운 날 하얀 손수건을 가슴에 달고 초등학교를 입학했다. 베이비붐 시대라 한 학급에 90명 이상의 학생이 편성되었다. 나는 1학년 15반이었다. 스무 평 교실에 책상이 빽빽하게 놓여 있었고, 나는 맨 앞에 앉게 되었다. 맨 앞자리는 6학년 졸업 때까지 이어졌다.

소갈머리하고는

아침밥을 먹고 학교에 갔다. 분명 어제 그 자리로 가서 앉았는데, 옆의 아이들 모습이 낯설게 느껴졌다. 어떤 선생님이 들어오더니 내 이름표를 보고 옆 반으로 가라고 한다. 나는 동그랗게 놀란 눈으로 교실을 나와 서 성였다. 다행히 담임 선생님이 나와서 나를 데려다가 어제 그 자리에 앉 혔다. 교실 앞문 후문을 구별하지 못한 채 옆 반으로 들어갔나 보다.

당시 1, 2학년은 오전 오후반으로 운영되었다. 한 주는 아침반 수업을 하고, 다음 주는 오후반 수업을 했다. 한 교실을 두 학급이 쓰는 것이 다. 가끔 빠뜨리고 오는 필통이나 책받침은 다음날 없어졌다. 나는 수

도 없이 새로 장만해야 했다. 내 물건을 제대로 간수하지 못하는 이유
는 뭘까?

　우리 학교는 학년마다 건물이 달랐다. 1학년 교실 근처에는 커다란 방
공호가 있었고, 보기 싫은 시멘트로 막혀 있었다. 아이들은 그 속에 귀
신이 있다고 했다. 바로 옆에는 푸세식 화장실이 있었다. 아주 길게 이
어져 있고 나무판으로 엉성하게 짜여 아래를 내려다보면 암모니아 냄새
가 고약한 변이 가득했다. 친구가 해 준 빨간 손, 파란 손 귀신 이야기가
떠오를까 봐 항상 급하게 나오려고 애를 썼다. 하루는 조그만 손에 쥔 신
발주머니가 스르륵 미끄러져 똥통에 빠지고 말았다. 나는 놀라 어찌할
줄 몰랐다. 얼마 전에 잃어버려 새로 사 준 신주머니였다. 교실에 들어
가지도 못한 채 울면서 그대로 서 있었다. 한참 후에 선생님이 와서 나를
데려가기 전까지.

　어느 여름이었다. 미술 준비물이 많은 날이었다. 전날 선생님이 학교
오는 시간에 대해서 아주 여러 번 이야기했다. 하지만 이번 주는 오후반
인걸. 나는 자신 있게 오후반 시간에 맞춰 학교에 갔다. 교실 문을 열자
많은 아이가 모두 일어서서 인사를 하고 있었다. "선생님, 안녕! 친구야,
안녕!" '이게 뭐지?' 하는 생각으로 서 있는 나에게 선생님은 "어제 그렇

게 당부했는데 이제 오면 어떡하니? 오늘 수업은 끝났으니 그냥 집에 가거라."하고 말했다. 집에 오면서 "미술은 나 혼자 할 수 없는데 어떻게 하지?" 걱정하며 터덜터덜 걸었다. 아마도 선생님의 개인 일로 오전 오후 시간을 변경하였을 것이다.

그래도 학교생활은 즐거웠다. 반 친구들과 얼굴을 익히고 조금씩 친해졌다. 아주 많은 계단을 올라야 운동장이 나오고 운동장을 가로질러 교실을 가게 된다. 오후반일 경우는 그 계단을 바로 올라올 수 없었다. 대기하면서 '비행기 낙하산' 놀이를 했다. 그리고 공부 시간도 재미있었다. 특히 받아쓰기 시간은 자신 있었다. 100점을 받으면 '상'이 찍힌 색종이를 붙여 주었다. 요즘엔 스티커가 흔하지만, 예전에는 선생님이 직접 색종이에 상도장을 찍어서 오려놓았다가 100점 시험지에만 붙여 주었다. 상표를 받으면 집에 와서 꽃 모양으로 오려서 공작새 모양의 그림 날개에 붙인다. 공작 날개에 50개 상표를 가득 채우면 선물을 받았던 기억이 난다.

그날은 다른 날과 달리 시험지를 나누어 주면서 선생님의 설명이 길었다. 글씨를 줄 맞춰 써야 한다고 하면서 시험지를 부채 접기로 금을 만들 계획이었다. 처음 이름 쓰는 한 칸을 접고 나서, 반대로 다시 접으라고 했다. 계속 반대로 접고 반대로 접으라는 말을 반복했다. 한 칸씩 늘려가며 부채 접기를 하는 것일 텐데, 그때 나는 부채 접기를 이해하지 못했다. 처음 한 칸을 접은 후 계속 앞으로 뒤로만 반복했을 뿐 칸을 늘려가지 않은 것이다. 아마도 선생님이 시범을 보여 주었다면 도움이 되었을 텐데, 말로만 하는 설명은 일곱 살 나에게 너무 어려웠다. 결국 내 시험지는 처음 한 칸만 줄이 찐하게 생겼을 뿐이다.

이제 받아쓰기 글씨는 줄 안에만 써야 한다고 했다. 1번, 태극기, 2번, 펄럭입니다. 3번, 우리나라, 이렇게 선생님은 10개의 단어를 불렀고, 나는 그 한 칸을 넘기지 말라는 말에 한 줄에 10개의 단어를 쓸 수밖에 없었다. 작은 글씨 쓰기도 어려웠을 텐데, 어찌어찌 겨우 받아쓰기를 마치고 시험지를 제출했다.

다음날 채점된 시험지를 나누어 주는 시간이었다. 선생님은 내 이름을 부르곤 쯧쯧 혀를 차며 "이런, 소갈머리하고는……." 하며 시험지를 주셨다. 커다란 종이에 첫 줄만 새까맣게 쓰여 있는 시험지에 덜렁 상표가 한 장 붙어 있었다. 이 말이 무슨 뜻인지는 모르겠지만 "참 잘했어요!" 이런 칭찬의 말이 아닌 것은 분명했다. 욕 같다는 뉘앙스를 받았다. 나는 얼굴이 빨개질 만큼 부끄러웠다. 도대체 무엇이 잘못된 것인지 알 수

19
소갈머리하고는

없었다.

　'소갈머리'라는 말의 뜻은 한참 크고 나서야 알게 되었다. 하지만 그때의 기억은 아직도 생생하다. 이 일은, 어른이 된 지금도 모든 설명에 시범 보이는 일을 중요하게 생각하는 계기가 되었다. 소갈머리 없는 아이는 이렇게 오래도록 그 일을 기억하고 있다.

누가 누가 잘 하나

50여 년 전 우리나라의 여름은 재난의 계절이기도 했다. 항상 장마와 태풍을 겪으면서 큰 홍수가 나곤 했다. 지금이야 상하수도 시설이 잘 작동하고 기후변화로 홍수의 피해를 잊고 살지만, 예전에 수재민 상황은 종종 뉴스거리였다. 당시 부모님은 천호동 주변에 살았는데 어느 해 여름, 큰비로 한강이 수위를 넘어 집이 떠내려가는 상황을 맞게 되었다. 밤새 내린 비는 생활필수품을 몽땅 앗아갔다. 침구며 옷가지 몇 개 건지는 게 다였다. 부모님은 나를 데려가기로 하고 나름의 계획을 세웠으나, 그 약속은 홍수와 함께 물거품이 되었고, 나는 계속 할머니 집에서 살게 되는 운명을 맞게 되었다.

1960년대 말, 정부에서는 서울 봉천동에 수재민을 주거하게 했다. 당시 그곳에는 수재민이나 영세민의 천막촌이 무성했다. 어린 시절 기억이라 정확하지 않지만 움막 같은 형태의 집을 한 번 가 본 적이 있다. 전기 시설이 없어 호롱불로 어둠을 밝혀야 했고, 살림살이도 형편없었다. 어둡고 거친 풍파에 굳이 나를 끌어들이고 싶지 않았는지 그 이후 아버지는 나를 두 번 다시 데려가지 않았다.

어느덧 나는 4학년이 되었고, 이제는 학교 적응도 잘 하는 아이가 되었다. 첫 발령을 받은 선생님은 무척 예뻤는데, 음악에 조예가 깊었다. 당시 합주반을 창설했고, 나는 작은북을 맡게 되었다. "누가 누가 잘 하나" 어린이 프로그램에 출전하기도 했다. 선생님이 새 악보를 걸고 지휘할 때 우리보다 더 떨고 있었다. 나도 리듬을 놓칠까 봐 긴장하고 있었다. 입상은 하지 못했지만, 그때 익힌 가락은 아직도 입가에 맴돌고 매일 연습했던 즐거움은 추억으로 남아 있다.

4학년부터 스카우트 단원 모집을 하였다. 갈색 단복의 빵떡모자와 항건을 쓰고 모임을 하는 스카우트가 너무 멋져 보였다. 특히 담임 선생님이 지도하는 거라 더 하고 싶었다. 하지만 내 처지에 언감생심이라 생각되어 아무에게도 속마음을 드러내지 못했다. 대신 쉬는 시간마다 선생님

께 배운 '스카우트 노래집'에 나오는 노래는 모두 익혔다. 친구들과 등하
교 할 때마다 흥얼거리며 다녔고, 어느덧 얇은 노래집은 너덜너덜해졌
다.

　아침마다 등교하면 칠판 가득 적어 놓은 아침 자습을 공책에 쓰곤 했
다. 선생님은 나에게 칠판 글씨를 잘 쓴다며 방과 후 아침 자습을 매일
내라고 하셨다. 선생님께 인정받는 일은 학생으로서 큰 기쁨이었고, 자
신감을 얻기에 충분했다. 남아서 자습 쓰는 일이 무슨 훈장이라도 되는
것처럼 신나서 했다.

6학년 13반 교실(1972년)

잔병치레가 많았던 저학년과는 달리 몸도 마음도 쑥쑥 자라고 있었다. 학업 성적은 매우 우수하다는 이야기를 빼놓지 않고 들었고, 수줍음이 많던 시절에 비해 친구들과 노는 재미에 빠져 밥 먹는 시간을 잊어버릴 정도로 적극적인 아이가 되어갔다.

추억의 영화관

    내가 영화관에 처음 간 것은 여섯 살 때부터였다. 1960년대에는 TV가 귀했고 보유하고 있는 집도 많지 않았다. 할머니는 영화를 무척 좋아하셨다. 왕십리에 살던 집 근처에는 영화관이 2개 있었다. 광무극장과 동원극장이었다. 종로 쪽의 개봉관과는 다르게 철 지난 영화 2편씩을 상영했고, 영화 중간부터 관람했다면 다음 편을 다시 봐도 무방했다. 3일에 한 번씩 영화를 바꿔 개봉하였는데 집안 행사 등 별일이 없으면 3일마다 영화 관람을 했었다.

    당시 나는 어렸지만, 할머니의 파트너로서 손색이 없었나 보다. 화장실 간다고 귀찮게 하지도 않았고, 뭐를 사달라고 떼쓰지도 않아서 수월하게 나를 데리고 다니셨다고 한다. 그때부터 초등학교 저학년 시절까지 반복된 일상이었다. 덕분에 나는 웬만한 한국 배우들은 모두 꿰뚫고 있었다. 명절 즈음에는 뮤지컬처럼 화장 범벅을 하고 나오는 배우들의 공연을 직접 보기도 했고, 손에 땀이 나는 서커스도 기억나는 걸 보면, 나의 문화예술교육은 아주 일찍부터 시작되었다고 할 수 있겠다.

당시 외국영화는 주로 미국 서부영화나 중국영화였다. 영화 화면 밑에 자막이 있었는데, 나 역시 입학 전에 이미 글자를 깨우쳐서 별 무리가 없었다. 그 시절엔 문맹자가 많았던 때라 어떤 사람이 할머니에게 다가와 글자를 읽을 수 있냐고 물어보았다. 할머니 대답을 듣고 그는 당황하며 꼬리가 빠지게 도망갔다. 뭐라고 하셨는지 궁금했으나 대답해 주지는 않으셨다.

나는 어려서 키가 작아 주로 앞쪽에 앉았다. 당시 영화관에서 담배 피우는 사람이 있어서인지 영화관 정면 양쪽에는 '금연, 탈모'라는 문구가 크게 있었다. 영화 시작 전, 모두 일어나 국기 경례를 하는 절차를 마쳐야 했고, 광고와 '대한늬우스'가 항상 있었다. 그때는 흑백영화가 대부분이었고, 화면에 비가 내리듯 화질이 좋지 않은 때도 있다. 지지직거리거나 스크린 필름이 끊겨 장시간 영화가 단절되기라도 하면 '휘리릭' 휘파람을 부는 사람도 있었다. 세월이 지나면서 점차 흑백영화에서 컬러로 바뀌고, 화질은 선명해졌다.

영화 구경 후 빼놓을 수 없는 호사는 귀갓길의 먹거리였다. 여름에는 빙수, 겨울에는 호떡집에 들러 호떡을 먹곤 했다. 당시 호떡 가격은 5원이었다. 삼십 분 이상 걷는 길이 그리 멀다고 느끼지 못한 것은 아마도 즐거운 먹거리 덕분이었을 것이다.

일기 쓰는 재미

5학년이 되어 나는 두툼한 공책을 한 권 준비했다. 담임 선생님은《명심보감》을 공부한다고 가장 좋은 공책을 가져오라고 하였다. 매일 아침 한 구절씩 쓰고 음미하며 배웠는데, 아직도 첫 장에 기록한 내용이 기억에 남는다. 확실히 어린 시절의 공부는 오랫동안 큰 영향을 미치는 것이 아닐까 싶다.

공자께서 말씀하시기를,
착한 일을 하는 사람은 하늘이 복을 내리고
악한 일을 하는 사람은 하늘이 벌을 내린다.

6학년 선생님은 일기 쓰기를 강조하였다. 매일 비슷한 일상을 기록하는 일기는 나에게 그저 숙제 같은 기록에 지나지 않았다. 그런데 한 사건이 있었다. 바로 내 친구가 전국대회에서 일기 쓰기 대상을 받은 사건이었다. 친구의 일기장을 본 나는 큰 충격을 받았다. 아주 예쁜 글씨는 물론이고, 그림과 삽화를 적절하게 사용하였고, 마치 자신과 이야기 나누듯이 재미있게 기록된 내용이었다. 누구나 평범한 일을 별일처럼 생각하고 의미를 부여하는 글쓰기는 진정 의미 있는 글이 되는 것이다. 그 후로 내 일기의 형태는 발전하기 시작했다.

일기 쓰는 일에 정성을 기울였고, 기록하는 일이 즐거워지기 시작했다. 점차 일기장은 알록달록 변해갔다. 색연필로 색칠하고 그림도 그려 넣고 정성을 쏟기 시작했다. 하지만 글쓰기 솜씨는 생각보다 나아지지는 않은 듯하다. 그래도 이때부터 글쓰기를 좋아하게 되었을 것이다.

내가 중학교 진학할 무렵 입시시험이 없어졌다. 뺑뺑이로 돌린다고 했다. 그 말이 무슨 뜻인지는 몰랐지만 가고 싶은 학교에 갈 수 없다고 이해했다. 난 운이 없게도 버스로 통학해야 하는 신설 학교에 당첨되었다. 젓가락 같았던 다리에 검은 밴드 스타킹은 항상 줄줄 흘러내렸고, 큰 가방은 땅에 끌릴 듯 아슬아슬하게 들고 만원 버스를 타는 중학생이 되었다.

뚝섬 경마장 근처에 있는 학교는 버스 종점 전에 있다.

"버스에 시달려 등교하는 것이 힘들다."라고 짝에게 말했다. 내 말을 듣자, 내 짝은 "나는 매일 나룻배를 타고 와."

깜짝 놀라 어디에 사냐고 물었더니 봉은사 근처란다. 버스 길은 한참 돌아가야 해서 한강을 가로질러 배로 건넌다고 했다. 또 전기가 들어오지 않아 숙제는 무조건 일찍 해야 한다고 한다. 그런 곳에서도 사는구나 싶어 안쓰럽게 생각되었다. 지금 강남 봉은사를 떠올리면 격세지감이 느껴지는 일이다.

코스모스 피는 길에

　중학교 진학하여서도 내 키는 여전히 작았다. 번호는 키순으로 정했는데, 3년간 70명 중에 10번을 넘어보지 못했다. 5번, 6번, 9번 그렇게 조금씩 나아지기는 했지만 말이다. 그래도 공부는 잘했다. 평균 90점 이상 받는 우등생을 한 번도 놓치지 않았다. 내가 잘 할 수 있는 것은 공부밖에 없었다. 아무 생각 없이 책만 보며 살았다.

　선생님이 책을 읽어 오라면 무조건 읽었다. 아무 재미도 없고 내용도 이해하기 어려운 현대 장편소설은 내가 소화하기 힘든 책이다. 짧은 동화책을 읽다가 준비 없이 500페이지가 넘는 소설책을 마주하는 것은,

아기에게 이유식을 거치지 않고 바로 밥을 먹으라는 것과 같았다. 중1 때 국어 선생님이 무작위로 선정 도서를 지정해 주었는데 나는 《무정》이 선택되었다. 500페이지가 넘는 책은 두께만으로도 나를 압도했다. 선생님은 울상이 된 내 얼굴이 떠올랐는지 한 주 후에 다른 책으로 바꾸어 줄까 하며 제안했다. 하지만 오기로 싫다고 했다. 조금씩 읽었더니 읽을 만했다.

격동의 시절 70년대 우리나라는 경제발전과 산업화로 세상이 떠들썩했지만, 우리 가정은 나락으로 떨어지고 있었다. 하는 일마다 잘 안 되는 아버지는 사고로 엄마와 동생을 잃고 난 후 알코올 중독이 될 만큼 피폐해져 갔다. 어느 날 갑자기 쓰러져 다시는 일어나지 못하고 눈을 감았다. 장남의 사망은 부모에게도 큰 충격으로 다가와서 두 달 후 할아버지마저 세상을 떠나게 되었다. 줄초상이라고 다들 한마디씩 했다. 사실 아버지의 죽음보다 할아버지의 죽음이 나에게는 더 크게 다가왔다. 전해 듣는 것과 직접 맞닥뜨리는 것의 차이였다. 하지만 당시 기억은 없다. 단지 망우리 공동묘지에서 돌아오는 길에 유난히 파란 창공과 한 줄로 길게 뻗은 길가에 하늘거리는 코스모스가 무척 예뻤다는 기억만 남아 있다.

나는 학교 도서관에서 살다시피 했다. 도서관부로 활동했다. 지금으로 말하자면 도서관 사서 일을 도와주는 일이다. 시간은 많았고, 그나마 책과 함께 하는 시간이 좋았다. 길게만 느껴졌던 중학교 생활도 끝났다. 졸업할 때 졸업생 840명 중에 나는 3년 우등상과 개근상, 3년 장학증서를 받은 유일한 학생이었다. 담임 선생님께서 내 처지를 고려해 매번 장학생으로 추천해 주신 덕분이다. 두꺼운 한자사전, 국어사전, 영어사전을 한가득 받아들고 집으로 돌아왔다.

자라는 대나무를 보기 위한 것은 기다림이다. 어느 중국 대나무는 씨를 뿌리고 나서 거의 오 년 동안은 아주 작은 순 말고는 아무것도 보이지 않는다고 한다. 모든 성장은 땅 밑에서 이루어진다. 복잡한 구조의 뿌리가 땅 밑에서 종으로 횡으로 뻗어나가면서 형성된다. 그러다 다섯 번째 해가 끝나갈 무렵, 갑자기 약 25m 높이로 성장한다고 한다. 남들 다 겪는 사춘기도 나는 늦었다. 중3이 되어서야 대나무처럼 자라기 시작했다. 먹고 돌아서면 다시 배가 고파지는 신기한 경험을 하게 되었다. 그해 겨울 나는 키도 10cm 커졌고, 몸무게도 10kg 이상 늘었다. 십의 자리 숫자가 달라졌다. 아마 마음을 측정하는 기계가 있다면 그것도 아주 많이 변화했을 것이다.

제2장

찬란한 봄빛

친구란 현재진행형

어렸을 때 읽었던 동화에서 인상적인 이야기가 있다. 사형수가 되어 처형을 앞둔 사람이 급히 고향으로 내려가야만 하는 급박한 처지에 놓였는데, 그의 친한 친구가 자기 목숨을 담보로 친구를 보내달라고 간청한다. 만약 약속된 날짜 안에 친구가 돌아오지 못할 경우는 자신이 대신 죽음을 기꺼이 맞겠다는 각오로 말이다. 참 멋진 이야기라고 생각했고 선생님은 이런 친구가 단 한 명만 있어도 훌륭한 인생이라고 하였다.

친구란 나를 기꺼이 여기는 사람이다. 학창 시절을 돌아보면 친구 이야기를 빼놓을 수 없다. 친구는 나를 객관적으로 볼 수 있는 또 다른 인물이다. 머릿속에 떠오르는 수많은 얼굴들이 좌르륵 지나간다. 나에게 영향을 주기도 하고 받기도 한 그런 사람들. 흔히 친구는 시간과 노력을 투자한 만큼 남는다고 한다. 아낌없는 우정은 책에서나 만날 수 있으려나, 쉽지 않은 관계라는 걸 나이가 들고서야 인정하게 되었다. 지금까지 그런 친구를 곁에 두지 못한 건 내가 중간에 관심을 거두었거나 포기했기 때문이다.

나와 다른 외모, 나와 다른 환경, 나와 다른 생각을 하는 사람 중에 끌리는 호감, 잘 통하는 대화로 친밀감을 더했던 사람들! 나는 그들을 통해서 이렇게 성장했다. 추억의 친구들을 떠올리려 하니, 지금은 어디에서 어떻게 살고 있는지 불현듯 궁금해진다.

서울에서의 초등학교 시절엔 한곳에 오래도록 정착하고 살기보다는 이사로 인하여 어느 날 갑자기 사라져 버린 친구들이 많다. 6학년 때 단짝이었던 친구가 편지 한 장 남기고 이사를 가버렸다. 얼마 후 편지로 주소를 알려 주고 꼭 놀러 오라는 사연을 남겼다. 나는 겁도 없이 교통비만 준비하고 버스를 탔다. 그런데 그만 주소를 적은 종이를 잃어버렸다. 갈현동만 알고 있으니 서울서 김서방 찾기였다. 찾을 길이 막막했다. 땀만 뻘뻘 흘리고 허탕 치고 돌아왔다. 요즘처럼 흔한 전화도 주소도 없으니

다시 편지를 쓸 수도 없고 연락할 길이 없어 그대로 끝났다. 아직도 그 친구에게 아쉬운 점은 내가 찾아갔었다는 말을 꼭 전하고 싶다. 다른 지역과는 달리 서울에서는 아쉽게도 초등학교 동창회도 별로 없다.

중학교 시절에는 정말 나랑 뜻이 잘 맞는 멋진 친구가 있었다. 학급에서 1등을 놓치지 않는 수재에다가 솜씨도 좋고 마음도 예쁜 친구였다. 우리는 방과 후 집으로 놀러 가서 수시로 같이 시간을 보냈다. 숙제도 하고 뜨개질도 하며 이야기꽃을 피웠다. 당연히 고등학교 진학할 줄 알았는데, 그녀는 진학을 포기했다. 지금은 사라졌지만, 당시 여자고등학교 교육과정에는 교련 수업이 있었다. 교련 수업을 피할 방법으로 특정 종교 활동 중인 친구의 집안에서 내린 결정이었다. 전교 800여 명 중에 3, 4등 하는 친구의 실력이 너무 아까워, 나는 많이 울었다. 고등학교 진학 후 1년 정도 편지로 안부를 묻고 지냈으나, 서로의 관심도가 달라졌고 학업에 바쁘다는 이유로 시나브로 연락이 끊어지게 되었다. 지금도 어디에서든 잘 지내고 있을 것이다. 한 번쯤 꼭 만나보고 싶다.

여고 시절엔 4명이 단짝이었다. 학교에서 소풍(현장학습) 갈 때면 거의 같이 찍은 사진만 있을 정도로 붙어 다녔다. 간식 먹은 때나 야간학습 다닐 때도 함께했고, 서로의 고민도 스스럼없이 털어놓았던 사이다. 그런데 대학 진학은 각각 달랐다. 졸업 후에도 자주 만났다. 어쩌다 만나면 신나게 떠들며 즐거워했고, 서로 자신의 대학교 생활을 이야기하며 까르르 웃곤 했다. 연극도 보러 다니고, 학교 축제에도 초대하며 젊은 20대를 즐겼다. 사립대학에 다니는 친구들과는 달리 나는 교육대학을 졸업하고 일찍 발령을 받았다. 세 친구가 취업을 고민하고 있을 무렵 나는 새로운 직장생활에 정신이 쏙 빠져 있었다. 점차 친구들의 이야기에 공감이 되지 않고 만남이 재미없어졌다. 그러다 서서히 손을 놓게 되었다. 결국 연락은 끊어졌고, 그 이후의 소식도 들은 적이 없다. 이 친구들도 보고 싶다.

초·중·고 친구 관계를 지속하지 못한 것은 다 내 책임이다. 대학에서의 친구들은 직업이 교사라는 공통점을 가지고 있다. 동아리 친구, 같은 과 친구, 특정 단체 친구 등 비교적 폭넓게 관계를 맺었다. 지금도 몇명은 40년 만남을 지속하고 있다. 일 년에 한두 번 만나도 어제 만난 듯 스스럼없고, 같이 여행을 떠나고 싶은 친구, 수시로 안부가 궁금한 친구들이다.

그 후 직장 동료로, 또 사회에서 만나는 친구도 있지만, 예전처럼 찐 우정을 나누는 사이는 되지 않는다. 역시 친구는 오랜 시간을 함께해야 한다.

'나는 나 자신과 좋은 친구인가?'

친구를 이야기하면서 먼저 살펴보아야 하는 것은 '나 자신'이라는 니체의 말이 떠오른다. 예전에는 나를 자책하며 닦달하기도 했지만, 이제는 타협하며 편안한 관계를 유지하고 있다. 긍정적 마인드는 나이듦의 산물이다.

돌이켜보니 나에게 친구는 서로 관심의 균형을 맞추어 주고 상대를 있는 그대로 받아들이는 사람들이다. 다분히 나의 취향이 담겨 있다. 죽기 전에 후회하는 일 중에 '옛친구의 소중함'을 몰랐다는 말이 있다. 남은 인생도 함께할 수 있는 좋은 친구 관계가 지속되기를 바랄 뿐이다. 친구란 현재진행형이다.

친숙한 단어, 선생님

선생님,

선생님이란 단어는 나에게 매우 친숙하다. 평생 들어왔고, 매일 써왔던 단어다. 일곱 살부터 학교에 다니기 시작해 졸업과 동시에 학교에 근무했으니 55년을 학교에 몸담고 있었다. 매일 마주하는 사람들이 선생님이었고 제자였다. 나에게 선생님이란 엄마 아빠보다 더 친숙한 단어가되었다. 그런 선생님 중에 가장 설레는 선생님이 있다. 바로 고2 담임을한 국어 선생님이시다.

이과인 내가 문과를 선택하지 않은 걸 후회할 만큼 국어 시간이 좋았다. 물론 수학을 좋아해 수학 선생님이 되고 싶은 꿈도 있었으나 그 시절 수학 선생님을 좋아하지는 않았다. 국어 시간을 통해 나는 내면의 자아가 단단해지고 있었다. 바로 내 가슴에 불을 지른 위대한 선생님 덕분이다.

영국 철학자 엘프레드 화이트 헤드는 "위대한 교사는 어떤 교사입니까?"라는 질문에 이렇게 답했다. "보통 교사는 지껄인다. 좋은 교사는 잘 가르친다. 훌륭한 교사는 스스로 해 보인다. 위대한 교사는 학생들 가슴에 불을 지른다."

철학이나 가치관보다 사지선다형 문제 풀이에 급급하던 시절임에도 불구하고, 선생님이 수업 전 던지는 질문은 항상 우리에게 깊은 생각을 심어 주었다. 그런 수업방식이 너무 좋았고, 내면의 싹을 차츰 틔우기 시작했다. 선생님은 수시로 생각의 물꼬를 터 주셨다.

한동안 마음속에 간직한 수많은 말을 밖으로 내뱉고 살지 않았던 내가 겁 없이 속의 말을 할 수 있게 되었다. 뱉어낸 말은 그리 힘들지도, 어렵지도 않았으며 오히려 시원하고 통쾌했다. 내성적인 아이는 점점 외향적인 아이로 변화해 갔다. 국어 시간에 나는 물 만난 고기처럼 스스럼없이 떠들었다. 머릿속에 떠도는 생각들을 질문과 대답으로 거리낌 없이 말하게 되었고 아주 적극적인 학생이 되어갔다. 평소와는 다른 모습으로.

  세월이 흘러 교사가 되고 모든 것을 잊고 있었다. 선생님을 찾아보는 노력은 하지 않았다. 그러던 중 석간신문에서 선생님의 사진과 기사를 보게 되었다. 1997년 전교조 위원장으로 전교조 합법화 및 교육 민주화를 위해 헌신하고 있는 기사였다. 《교사는 진실을 가르치는 자유인》이라는 교육수상록도 쓰셨다. 20년이 지난 모습에도 여전히 꼬장꼬장한 모습에 나도 모르게 입꼬리가 올라갔다.

김귀식 선생님께 드리는 글

저는 고2 때 선생님을 만난 후 교육자의 길을 걷겠노라고 생각했었죠. 수줍고 내성적이던 아이, 미래에 대해 어떤 꿈도 꾸지 못했던 아이는 선생님처럼 교육자가 되고 싶었어요.

사람의 마음을 움직인다는 것이 교육의 가장 큰 본질이라는 것은, 몇십 년이 지나고서야 이해하게 되었죠. 언젠가 선생님의 근황을 신문을 통해 알게 되었고 너무도 반가웠지만, 연락을 드릴 용기는 없었어요. 대신 서점에 가서 바로 선생님의 책을 사서 밤새 다 읽었지요.

선생님은 모르시겠지만, 그 옛날 제 마음을 움직이게 했어요. 교육은 씨 뿌리는 일 같아서 언젠가는 어디서든 싹이 자라게 됩니다. 물론 힘들고 어려운 일이며 이해받지 못하는 일이기도 하지만, 저 역시 제가 뿌린 씨가 언젠가는 저처럼 어디서든 싹 틔우고 자라기를 바랍니다.

이제 퇴직을 앞두고 선생님이 더 생각납니다. 염화시중의 미소를 설명하시며 웃음 지어주신 그 미소가 그립습니다.

제자 현진 올림

동아리만 일곱 개

1979년 인천교육대학(현 경인교육대학)에 들어갔다. 대학치고는 아담한 그곳은 낯설고 멀었다. 전철로 한 시간 거리였다. 별 기대 없이 시작했으나 점차 학과 공부가 재미있어졌다. 교과 공부보다 아동발달, 아동심리 등의 공부가 새로웠다. 초등교육을 담당하는 공부다 보니 생각지 못한 기초를 다시 세우는 일이 그리 만만치는 않았다. 체육만 해도 구기종목, 수영, 발레, 매스게임, 민속춤 등을 배웠고, 음악도 노래와 피아노를 어느 수준까지 해야 했다.

우리 과는 여학생 23명, 남학생 17명이었다. 교대 전체가 여학생이 월

등히 많지만, 남학생 비중이 높은 반이었다. 나는 초등 4학년부터 남학생과 학급이 분리되었고, 여중·여고를 나와 9년간 남학생과 같은 공간에서 공부한 적이 없었다. 그러다 보니 남학생과 마주하는 시선들이 참 부담스러웠다. 특히 무용 시간 발레복을 입고 같이 춤을 출 때는 눈을 어디에 두어야 할지 난감하기까지 했다. 고등학교 못지않게 수업도 꽉 찼다. 선배들의 써클 가입 경쟁과 미팅 주선도 심심치 않게 들어왔다. 그야말로 가능성의 시기였다.

뭐든 원하면 할 수 있는 시기! 찬란한 봄날이었다.

1순위가 **가톨릭 학생회** 가입이었다. 당시 종교에 심취해 **성가대 활동**과 **주일학교 교사**를 하고 있었다. 가톨릭 학생회에서는 매주 모임과 성경 공부, 견학, 피정 활동을 했다. 2학년 때, 부회장을 맡고부터 더 많은 시간을 할애해야 했다. 그래서 주말은 무척 바빴다.

당시 **야학 활동**을 하는 대학생이 꽤 있었다. 나는 야학 대신 낮에 초등학생 기초학력 부진 학생을 담당했다. 한글을 잘 모르는 학생에게 글자 익히기를 지도했다. 아무리 실넝해도 안 되는 아이들을 보면서 앞으로 교사 생활을 어떻게 해야 할지 난감했다.

봉사활동으로 '자유클럽'에 가입한 것은 우연이었다. 여름 방학 때 교수님과 같이 휴전선 바로 밑 38선 이북에 있는 교동도라는 섬에 갔다. 그곳은 강화도에서 다시 배를 타고 뱃멀미를 하며 한참을 더 들어가야 하는 곳이다. 교육과 문화 모두 소외된 벽지 섬마을로, 주민이 그리 많지 않은 곳이었다. 우리는 방파제를 막는 노역, 식사 담당, 교육 담당을 나누어 9박 10일의 고된 활동을 체험했다. 나는 어린이 교육을 주로 담당했는데 어른들의 시큰둥한 반응에 비해 아이들은 우리를 무척 잘 따라주어 고마웠다. 지금은 교동대교가 놓여 손쉽게 찾을 수 있다고 하지만 당시 나에게는 꿈같은 체험이었다.

고등학교 때부터 악기 다루는 활동을 무척 하고 싶었다. '취주악'반은 웬만한 목관악기를 비롯해 처음 보는 금관악기 등을 다루는 동아리였다. 계속하고픈 마음은 굴뚝같았지만, 능력이 안 돼 호른을 소리 한번 제대로 내보지 못한 채 접어야 했던 아쉬움이 있다.

학교 선배가 추천한 문학 써클 '동그라미'는 애정이 가는 동아리였다. 이웃에 있는 대학교 남학생 8명과 우리 학교 여학생 8명이 모여 YWCA 회관에서 주 1회 만나 문학 토론 활동을 했다. 처음에는 서먹하고 말도 잘하지 못하던 사이였지만 점차 이 모임은 제일 친한 친교 모임이 되어 오래도록 이어졌다. 문학지도 발간하며 모임을 꾸준히 이어오다가 남학생들의 군대 입대와 여학생들의 교사 발령으로 활동을 접고 남아 있던 친구들이 명맥을 유지하여 몇 년이 지나도록 서로 연락하며 지냈다. 여기서 만난 여자친구 셋은 아직도 40년이 넘도록 만나고 있다.

  여름 방학은 길었지만, 나의 일정표는 항상 **빡빡**했다. 1박 2일, 2박 3일, 3박 4일 이렇게 여행 일정이 계속 이어졌다. 어떤 날은 돌아와서 빨래하고 아직 마르지도 않은 청바지를 다시 입고 집을 나서야 했던 적도 있다. 지금 생각하면 가장 빛나고 왕성했던 시절이다.

평생 공부? 공부!

　나의 대학 생활은 기간으로 보면 아주 짧다. 1학년 2학기 때 10 · 26사태(1979년)가 있었고, 2학년 1학기에는 5 · 18 광주민주화운동(1980년)이 있었다. 대학은 휴교령이 내려졌고 학교 정문에는 전경들이 가로막고 있었다. 학교에 갈 수 없는 상황을 연이어 겪었고, 데모 활동으로 대학생들의 운신 폭은 줄어들었다. 석 달의 휴교령이 내려짐에 따라 2학기 교생 실습을 간신히 마치고 학사일정을 조정해 졸업을 할 수 있었다.

　이 짧은 대학 생활로 배움의 갈증은 평생 이어졌다. 직장인이 되고 나서 방송통신대학 초등교육학과를 신청했다. 그러나 당시 방송통신대학 초등교육과는 인기 학과였다. 초등교사가 부족하여 이곳 졸업생 역시 바로 교사 발령을 받을 수 있는 제도였다. 초임 교사인 나에게는 원서조차 낼 수 없는 조건이었다. 나는 할 수 없이 동떨어지지만, 가정학과를 지원했다. 결혼을 생각할 나이이기도 했고 생활 전반에 도움을 받을 것 같아서였다. 방학 동안만 출석할 수 있어서 우리 같은 직장인에겐 참 좋은 조건의 학사과정이다. 이 공부는 내 생활과 사이클이 비슷해 덕을 봤다. 결혼, 육아, 컴퓨터 등 시기적절한 공부였다. 그 후 생활의 여유가 있을 즈음에 교육대학원 석사과정을 마쳤다. 그 외에도 교육공무원은 수많은 연수를 받는다. 원하든 원치 않든 매번 계획되는 연수를 나는 가능한 한 열심히 수료했다. 평생 학습은 이제 몸에 밴 듯하다.

내가 공부를 싫어하지 않는 이유는 또 있다. 다행히도 어려서부터 내 주변에선 공부하라고 다그치는 사람이 없었다는 것이다. 부모님이 안 계셨고, 조부모님은 조건 없는 사랑만 주셨다. 시험공부로 밤이라도 세려고 하면 빨리 자라고 성화셨다. 스스로 알아서 공부해야만 했다. 시험을 잘 보기 위해서는 잠자기 전까지 공부하는 것만 효력이 있고, 아침으로 미루면 말짱 꽝이라는 내 공부 스타일도 스스로 깨달았고, 필기가 왜 중요한지, 시험 기간에는 어떻게 계획을 세워야 할지 하나하나 검증하며 익혔다. 그리고 취업을 위한 공부를 따로 하지 않아도 되었다. 임용시험이 없었던 시절이다.

요즘 진학이나 취업을 목적으로 아주 오랜 세월 공부하는 학생을 보면 내 짧은 대학 생활은 로또 당첨처럼 여겨진다. 감사한 일이다. 그 덕에 지금까지 교직에 몸담고 있다.

비 오는 날의 스케치*

   비가 거세게 내리친다. 빗방울이 세차다. 여름의 뜨거운 열기를 밀어 날리듯 시원스레 우두둑 쏟아진다. 물에 발이 젖을까 봐 조심스레 땅을 골라 딛지만 소용돌이치는 물살은 어느새 발등 위를 덮고 만다.

   어릴 때 비 오는 날, 어쩌다 우산을 치우고 빗속을 뛰어다닐 때의 시원함이 느껴진다. 감기 걸린다는 어른들의 잔소리를 피해 비를 맞는 느낌은 또 다른 상쾌함이다. 그 느낌을 떠올리며 비를 고스란히 맞고 싶지만 이센 발 직심민으로 쪽히다.

20대 초반, 서울 토박이인 나는 교사 발령을 경기도로 받으면서 버스 세 번을 갈아타야 하는 원거리 통근을 해야 했다. 하숙집이 있나 둘러보기도 했는데 몇 집씩 떨어져 있는 마을에다 화장실도 바깥채에 덩그러니 있는, 너무도 허술한 집들이라 도저히 그곳에서 자리 잡을 엄두를 내지 못했다. 시외버스가 50분 간격이라 놓치기라도 하는 날이면 택시를 타야 했는데 한 달 치 왕복비를 요구해 버스요금이 고스란히 날아갔다. 버스 승객은 교장 선생님을 비롯해 이웃 학교까지 모두 교사들이 차지했다. 서울을 벗어나자마자 아스팔트길은 간데없고 그때부터 자갈길로 이어진 곳이라 버스가 통통통 튀기는 통에 엉덩이가 아플 지경이다. 그러면 우리는 까르륵 웃어대고, 나이 드신 선생님들은 무엇이 그리 웃기냐며 덩달아 웃어 주었다. 서울에서는 보기 드문 남자 차장이 우렁차게 차창을 두드리며 다니는 것도 특이하고 '고골'이라는 지역 이름도 생소했다.

학교가 가까워질 무렵 커다란 저수지가 보인다. 난 이 저수지를 무척 좋아했다. 특히 비 오는 날의 저수지는 몽환적인 느낌을 드리운 채 침잠한다. 깊이를 알 수 없는 중압감과 비장함이 안개비에 가려 심연에 녹아들고 있다.

통근길이 점점 버거워지기 시작할 무렵, 학교 사택에 자리가 나 그곳에서 동기생과 자취라는 것을 처음 했다. 주말에 집에 들러 반찬 등을 모두 가져오고 주중을 그곳에서 보냈다.

어릴 때 친구들이 방학이면 시골에 다녀왔다고 할 때 딱히 고향이라는 것이 없었던 나는 그들이 무척 부러웠다. 그런 상상 속의 시골 생활을 즐길 수 있어 아주 만족했다. 처음에는 신나게 동네 한 바퀴를 돌며 들판도 돌아다녔다. 학교 뒤로 가면 바가지 모양이라 붙여진 바가지산이 있고 그 아래로 흐르는 개울이 있었다. 아이들이 수영도 할 만큼 제법 깊었다. 윗마을에는 사슴 농장도 있고, 돼지를 키우는 곳에서는 특유의 냄새가 코를 찌르기도 했다. 벼농사에 물길 내는 것, 폐목을 이용해 버섯 재배하는 것, 토마토, 오이 등 밭에서 주렁주렁 열려 있는 모습은 삶을 풍요롭게 했다. 어느 날 저녁 산책길에서 동네가 떠나갈 듯 꽉꽉거리는 소리가 들렸는데, 그것이 논둑에서 우는 개구리 소리라고 한다. 그때서야 교과서에 나오는 개구리의 '개굴개굴' 울음소리가 순 엉터리라는 것을 알게 되었다.

시골의 생활을 어느 정도 알아가는 재미는 그리 길지 않았다. 퇴근 후 너른 벌판만 보이는 그곳은 20대 나에겐 너무 심심했다. 백화점 쇼핑도 그립고, 명동과 종로를 누비면서 즐거움을 만끽하고 싶은 나이였다. 더구나 비 오는 날에는 털어낼 수 없는 외로움에 갇혀 새소리, 바람 소리, 자연의 소리가 한꺼번에 비명을 지르듯 모든 소리가 빗소리에 묻혀 버리고, 내 젊음의 공간마저 먹혀 버린다. 땅이 패고 질퍽질퍽한 진흙 바닥에 발이 빠지는 것도 싫고 무엇보다 축축하고 눅눅한 기분을 참을 수 없었다. 물안개의 축축함이 스멀스멀 올라왔다.

시골에서의 비는 왜 그리 슬플까? 공장보다 더 작고 허름한 학교 건물, 시골구석에 열 살 미만의 아이들 앞에서 받아쓰기, 곱셈 구구를 설명하고 있는 나 자신의 미래가 항상 이 대로일 것만 같아 두려웠다. 더는 자연 속에서 사는 삶이 그리 재미있지만은 않았다. 비라도 올라치면 서울의 동숭동 마로니에 공원을 찾는 새로운 버릇이 생기기 시작했다. 대학로 마로니에는 전체가 통유리로 되어 있는 레스토랑이 있고, 그윽한 커피 향이 있고, 비 오는 창 너머로 딴 세상이 있었다. 나의 우중충하고 축축한 습기를 털어낼 수 있는 공간이 있었다.

20년이 지나고서야 고향처럼 그곳을 다시 가보았다. 어느덧 가정을 꾸리며 많은 변화를 가진 나처럼 그곳 역시 많이 달라져 있었다. 구두 굽을 다 망가뜨린 자갈길은 어느덧 잘 닦인 아스팔트로 바뀌었고, 주변에 아파트도 많이 생겼고, 구멍가게 하나 없던 곳에 음식점이 참 많기도 했다.

하지만 저수지는 그 모습 그대로이다. 저수지를 보며 기억의 샘물을 퍼 올려 본다. 그 시절 장기결석하던 반 아이를 찾아 나섰던 이곳, 그 아이는 먹을 것이 없어 배고파하는 동생을 위해 술주정뱅이 아버지 대신, 고기 잡으러 왔다며 한사코 학교 등교를 거부했었다. 그 아이는 지금쯤 무엇을 하고 있을까.

비 오는 날의 저수지는 역시 침묵한 채 자신의 빛깔을 숨긴다. 외로움과 서러움의 옛이야기들을 모두 포용한 채 흑백사진처럼 아직도 제 깊은 속내를 드러내지 않는다. 모처럼 용기를 내어 빗속을 걸어 본다. 빗물이 소용돌이치고 어느새 발등을 넘나든다. 빗물이 발을 간질이며 내 젊은 날 이야기를 도란도란 속삭여 준다. 비를 흠뻑 맞는다. 시원한 빗속에 나를 고스란히 내려놓는다.

* 월간《수필과비평》제136권, 2013년 2월호 수록

100번의 만남

대학 생활에서 활발했던 동아리 활동으로 남학생과 스스럼없이 잘 지내게 되었다. 그러나 일대일 만남에는 진전이 없었다. 아마 나는 연애 쪽 성향이 무딘가 싶었다. 동갑내기들과 많은 활동을 해 본 결과, 남자들은 여자보다 정신연령도 낮은 듯하여 실망감도 느꼈고 그로 인해 남자의 환상이 깨지곤 했다. 그래서 나의 이상형은 나보다 나이도 많고 잘 챙겨 주는 사람으로 정했다.

졸업 후 친구들의 결혼 소식이 제법 들렸다. 캠퍼스 커플도 있었고, 발령 후 중매로 만나 결혼한 친구도 있었다. 몇 번의 미팅과 소개팅에도 별

진전이 없을 무렵, 조금 진지한 소개팅이 들어왔다. 내 나이 스물여섯, 나보다 여섯 살이나 많은 사람이었다.

첫인상은 깔끔했고, 매너도 좋았다. 서너 번의 만남으로 그쪽에서는 약혼 이야기를 비쳤다. 나는 연애를 하고 싶었고 그쪽은 결혼하고 싶어 했다. 그래도 사계절은 겪어 봐야 하지 않겠나 싶었고, 속으로 100번은 만나 봐야겠다고 다짐했다.

같은 동네로 두 블록 떨어진 곳에 집이 있었다. 그쪽 부모님도 성당에 다니시고 본인도 성당에 다닐 것이라고 하였다. 비교적 순조롭게 만남이 이어졌다. 굳이 따로 약속을 안 해도 일요일에 성당에서 만나 데이트를 하게 되었다.

내가 중1 때 본인은 대학생이었다고 하면서도 나를 어리게 대하지 않았고, 깎듯이 존중해 주었다. 한강에서 보트를 타고, 남한산성 물소리를 들으며 이야기도 나누고, 태능 가로수길도 자주 가는 코스였다. 무엇보다 집이 이웃이라 귀갓길은 부담이 없었다. 여름에 만나 가을, 겨울을 지나 이듬해 봄에 결혼하기로 했다. 신기하게도 결혼식 전날 일기에 100번째 만남이라고 적혀 있었다.

그때의 일기는 내 보물 1호다. 무엇이 그리 수줍던지 꽁꽁 감추고 쓴 일기다. 다시 읽어 보면 그때의 마음을 들여다볼 수 있으려나 싶었는데, 아주 조심스럽게 덮어 둔 자락이라 감히 마구 들춰내고 싶지 않았다. 훗날 이 일기를 나만의 책으로 만들어 두었다. 양장본의 아주 예쁜 책으로 말이다. 지금은 없어졌지만 '자작나무'라는 사이트가 있었는데 자작이란 스스로 만드는 책으로 100일간 공들여 글을 올리면 아주 저렴한 가격으로 책을 출간해 주었다. 중간에 하루라도 빠뜨리면 다시 시작해야 하는 어려움이 있었다. 한동안 이 재미에 빠져 있었다.

그는 장남이었고, 맏며느리 자리는 다 고개를 흔들지만 나는 생각이 달랐다. 어차피 내가 직장 생활을 하는 맞벌이 부부이다 보니, 부모님과 함

께 살면 육아의 부담을 덜 것이라는 생각이었다. 하지만 이 생각은 너무도 순진한 나만의 생각이었고 결혼과 동시에 후회하는 일이 되고 말았다.

도전! 운전면허

　1980년대, 서울 올림픽 개최를 앞두고 많은 변화가 있었다. 길거리에는 마이카 시대가 돌입했다. 기관장들에게 제공되던 차와 운전기사는 차와 차량 운영비로 바뀌었고, 저마다 운전면허에 관심이 높았다. 큰맘 먹고 장만한 우리 집 차는 남편이 애지중지 차지하였고, 나는 여전히 대중교통을 이용하고 있었다. 맞벌이 부부로 아침에 어린아이를 맡겨야 하는 것도 내 몫인데 택시를 타고 다니기엔 한계가 있었다. 그러던 중 남편이 회사에서 차를 받게 되었고, 우리 자동차는 아파트에 세워져 있었다. 나는 부랴부랴 운전면허를 따기로 했다.

그때는 자동차학원에 일정 금액 등록하면 면허증을 딸 때까지 풀 서비스였다. 수요객이 많다 보니, 심지어 직장으로 직접 파견된 강사가 이론교육을 진행했고, 1차 이론시험을 도왔다. 쓸데없이 열심히 공부한다는 비아냥을 받으며 기본 패스 점수를 훨씬 넘겨 무사히 합격한 나는 자신만만해 있었다. 그런데 문제는 2차 코스시험인데, 평소에 그리도 쉽던 동작에 브레이크가 걸렸다. 시험장에서 호각소리가 울리자마자 사고를 쳤다. 브레이크와 액셀러레이터를 혼동해 뭔가를 들이받았다. 한 달 연습 더하고 오라고 했다. 한동안 덜덜 떨리게 겁이 났다. 하지만 부지런히 연습했고, 다시 시험장을 찾았다. 이번에는 꼭 합격하리라 다짐하며 운전석에 앉았다. 꼼꼼하게 잘했다고 생각했는데 결과는 아니었다. 뭔지도 모르게 탈락이란다.

한동안 길거리의 차를 운전하는 모든 사람이 다 위대해 보였다. 어떻게 저들은 운전을 잘할까? 그렇게 석 달이 지났다. 나도 운전이라는 것을 할 수 있을까? 집에 차를 두고도 어렵사리 택시를 이용해야 하는 내 일상이 짜증 났다.

세 번째 도전! 그사이 세칠도 바뀌었고, 시험장에 사람도 무척 많았다. 마침, 내 앞에 아는 얼굴이 보였다. '어! 미스코리아 당선, 막 뜨고 있는 탤런트 염정O잖아?' 용기를 내 인사를 했고, 서로 떨린다고 하며 건투를 빌어 주었다. 내 염원이 닿았는지 그 탤런트는 합격했고, 이어 바로 내 차례가 되었다. 나 역시 잘될 것 같은 예감이 들었다. 2차 코스 합격, 3차까지 아무 생각도 나지 않은 채 한 바퀴를 돌았다. 드디어 "합격!"이라는 반가운 소리가 들렸다.

　비명을 지르고 싶었다. 얼굴에 웃음을 감출 수가 없었다. 날아오를 것 같다. 정말 누구에게 먼저 알려야 할까 고민했다. 대학에 붙었을 때도, 첫 직장에 나가게 되었을 때도, 결혼식을 올릴 때도 느껴보지 못한 기쁨이었다. 드디어 나도 운전할 수 있는 몸이 된 것이다.

　하하하.

제3장

단단하고 푸르게

새내기 교사

　스물한 살에 교사가 된 나는 학생과 불과 10살 차이였다. 학생은 10대, 나는 20대. 덜컹거리는 시외버스는 나를 학교 교문 앞에 내려준다. 교문에서 운동장과 교사(校舍)가 한 눈에 다 들어온다. 넓은 운동장에는 커다란 느티나무가 가지를 뻗었고, 건물 중앙에는 철제 구령대가 중심을 잡고 있었다. '공장보다 작은 학교구나.'라는 생각이 들었다.

　내가 다닌 서울의 과밀학교와는 달리 첫 발령지는 시골의 아주 조그만 학교였다. 교무실도 교실 반 칸 크기로 아담하고 전 직원도 나까지 포함해 13명이 전부였다. 교장 선생님을 제외한 12명 모두가 담임교사였다.

교감 선생님조차 담임하고 있었다. 나는 3학년으로 배정받았고, 교무 선생님의 안내로 교실에 들어섰다.

살짝 떨림을 뒤로하고 나는 웃으며 학생들에게 인사를 했다. 20명 안쪽의 학생이 나를 바라보고 있었다. 반짝반짝 기대에 찬 모습으로. 앞으로 서로에게 길들여질 사이다. 교실 공간은 여전히 20평 그대로인데, 왜 이리 넓을까. 책걸상을 어떻게 배치해도 남아돈다. 동학년도 단출한 2학급이다. 그래도 한 학급이 아니어서 다행이다. 선배 선생님을 의지할 수 있어 좋았다.

모든 것이 서툴렀다. 교실에서조차. 3학년 학생은 이미 이 학교에서 2년의 생활을 경험해온 터다. 나는 그들에게 배울 것이 많았다. 교무실에서 종 치는 소리를 듣고 아이들은 운동장 조회인지, 직원 조회인지 구분했다. 학생이 아닌 신분은 뭘 물어보기도 어쭙잖은 입장이다. 그래도 모르면 물어야지.

"종소리로 너네는 어떻게 알아?"
"종이 5번이면 운.동.장.조.에. 종이 4번이면 지.간.조.에. 에요."

다섯 번의 종소리라고 헐레벌떡 운동장으로 나가며 한 아이가 알려줬다. 나도 신발을 갈아 신으며 급히 운동장으로 따라나섰다.

그렇게 내 교사 초년 생활은 시작되었다.

1980년대는 정치적으로 불안한 시대였다. 군사 쿠데타, 대규모 민주화 운동, 비상계엄 확대 조치 등 정치적 탄압이 있었다. 첫 발령 시 내가 맡은 업무는 무려 다섯 가지나 되었다. 작은 학교라 업무 폭탄이다. 연구, 반공, 소모품 관리, 체육 업무, 도서 담당이다.

연구부는 교무부 버금가는 중요한 부서로 교육과정을 계획하는 부서인데 당시 내가 하는 일은 수업 연구 일지를 매주 걷어 결재 올리는 일이었다. 손글씨를 빠르게 쓰는 일이 관건이다. 반공 업무는 지금은 생소한데, 학생들이 주워온 삐라(불온전단)를 수집하여 경찰서에 넘기는 일이다. 그때 처음으로 삐라를 보았다. 엉성한 인쇄물로 된 종이뭉치였다. 소심한 나는 간첩으로 의심받을까 봐 조마조마하며 모아 보냈다. 소모품 관리는 행정업무로 모든 물품의 비용처리, 영수증 첨부에 맞추어 재고 물품을 맞추는 까다롭고 복잡한 일 중에 하나다. 시험지 한 장의 용도도 일일이 기록해야 하는 번거로움이 있다. 품목도 많고, 내빈 손으로 정리하는 일은 쉽지 않았다. 영수증과 남은 물품이 맞지 않아 애를 먹은 적이

가끔 있었다. 공부 가르치는 일보다 업무 배우는 일이 더 힘들었다.

　당시 규모가 작은 학교에서는 남교사를 선호하는 분위기였다. 신규교사로 동기생 세 명 모두 여교사로 발령이 나서, 누군가에게는 체육 업무를 맡기려고 했나 보다. 할 수 없이 체육 관련 업무를 맡게 되었는데, 육상지도, 무용지도, 예술제 대회 준비 등 큰 종목의 행사를 준비해야 했다. 가을 운동회를 위해 여름부터 전교생을 대상으로 전통무용, 현대무용(마스게임)을 연습 지도했다. 여름 방학 동안 개인 부담으로 무용을 배우고 음악곡을 선정하여 직접 녹음 편집하고, 안무를 짜서 한두 달씩 운동장에서 연습시키는 일은 고되고 지치는 일이다. 그래서 모두 기피하는 업무였나 보다. 마지막 도서부는 책을 좋아하는 나로서 만족했는데, 이것도 만만치 않았다. 도서실에 지키고 있을 수도 없는 처지라 책은 수시로 없어졌다. 한 번씩 감사가 나오면 없는 책을 담당자에게 물어내라고 했다. 학생들 가정방문을 하던 중 어느 집 화장실에 매달려 있는 휴지 걸이에는 휴지 대신 우리 학교 도장이 찍힌 도서가 매달려 있었다. 헛웃음이 나왔다.

　다음 해에는 양호 업무까지 맡았다. 요즘 보건교사의 일이다. 약품에 대해 알지도 못했지만, 소화제, 상처 소독 등 기본적인 상비약을 관리했다. 매일 써야 하는 양호일지도 귀찮은 일과다. 당시 볼펜 하나를 며칠이면 다 닳도록 써댔다. 점차 꾀가 생겼다. 약 1알에서 2알 심지어 10알로 기록했다. 나중에 이 기록은 감사에 걸려 시말서를 써야 했다. 10알씩 먹이면 큰일 나는 일이었기 때문이다. 양호 업무 중 가장 고역스러운 일은 해마다 기생충 검사다. 변 봉투에 전교생 변을 수집하는 일은 그리 만만치 않았다. 바로 회수하기 어려워, 일주일간 모아두며 암모니아 냄새를 견뎌야 했고, 또 이것을 교육청에 직접 전달했으니 비위가 약한 나는 너무 고통스러웠다.

아이들과 운동장에서 같이 고무줄놀이도 하고 놀고 싶은데 과중한 업무 때문에 눈물도 많이 흘린 시절이다. 친구인 동료 교사는 감사 나온다고 밀린 일지를 던져두고 점심시간에 앞산으로 도망가기도 했다. 지금도 그 이야기 꺼내면 그 친구는 눈을 살짝 흘긴다. 그리고 까르르 웃는다. 철부지 교사는 그렇게 학교 일을 배워갔다.

"선생님, 돈이 없어졌어요."
또 탐정할 시간이다. 예전엔 도벽 사건이 수시로 있었다. 아이들을 자리에 앉히고 일장 연설을 안 뒤, 책상 위에 가방을 올리고 소지품을 다 확인하기도 하고 설득과 애걸, 작은 협박 등으로 그들의 마음을 움직이려 했다. 대부분은 그 방법이 먹히지 않았다. 5학년 때 담임 선생님이 우리에게 써먹던 방법으로 잉크를 살짝 탄 물을 준비해 놓고, 차례로 나와 손을 담그게 했다. 거짓말을 한 사람은 손이 썩게 된다고 했다. 아주 어렸을 때 일인데도 생생하게 기억나는 걸 보면 그 당시 나에겐 무척 충격적인 사건이었다.

어쨌든 나는 없어진 돈을 거의 회수하지 못했다. 경험도 적은 나는 이런 일을 처리하기엔 너무 어설펐다. 아이들 지능보다 부족한 게 틀림없다. 그것보다는 아이들을 관찰하는 것이 훨씬 바람직하다. 돈 씀씀이가 갑자기 달라진 아이를 살피기로 계획을 수정했다. 어느 정도 시간이 지나면 도벽의 중심이 되는 아이를 알아채게 된다. 본인이 인정하기도 한다.

수시로 문제를 만드는 아이가 있어 어머니를 모셔오라고 한 적이 있다. 그 아이는 엄마는 도망갔고 아버지만 있다고 했다. 다음 날 방과 후 술 취한 아버지가 나를 찾아왔다. 선생님이 불러서 왔다며 술 냄새나는 얼굴을 나에게 들이밀었다. 빈 교실에 나 혼자라는 생각에 겁나고 놀라서 교무실로 도망갔다. 교감 선생님이 지원자로 와서 해결해 주었다. 술 한잔 사 주며 이야기를 들어주었다고 한다. 문제는 다음 날 아침이다. 아침부터 학교에 또 찾아왔다. 나는 기겁을 하고 또 도망갔다. 그 아버지는 술 생각이 나면 학교로 와서 교감 선생님께 졸라서 얻어먹고 가곤 했다. 그 이후 난 학부모를 함부로 오시라 말하지 않게 되었다.

월급을 모아 라디오를 하나 샀다. 무용 안무 하면서 음악을 녹음 편집하려고 준비했다. 그때까지만 해도 난 학교에 필요한 물품을 신청하는 것을 몰랐다. 산 지 얼마 되지도 않았는데, 교무실 회의를 마치고 교실로 오니 책상 위의 라디오가 없어졌다. 결국 그 라디오도 찾지 못했다. 참 어이가 없었다.

1980년대에도 우유 급식을 했다. 전교생 우윳값을 걷은 것을 미처 입금하지 못해 계속 가지고 다녔다. 마침 월급 받은 돈까지 내 가방은 두둑했다. 그때는 월급도 현금 봉투로 받을 때다. 그런데 집에 오다가 소매치기를 당했다. 울어봤자 소용없었다. 할 수 없이 집에서 월급과 우윳값을 받아 채웠다. 나는 그렇게 비싼 값을 치르며 조금씩 영악해져 갔다.

첫 부임지는 점차 제2의 고향 같은 존재가 되었다. 140명 전교생 얼굴도 얼추 알아볼 만큼 익숙해졌다. 빙 씨와 석 씨가 아주 많은 것으로 보아 집성촌이 아닐까 싶었다. 학교 주변에는 문방구 하나만 달랑 있었다.

시골이라 공기는 맑고 내가 살던 곳과는 매우 다른 분위기였다. 집에서 통근하기에 좀 힘들 것 같아 주변을 돌아보았는데, 초가집이 많고 화장실은 밖에 따로 있으며 너무 허술했다. 다행히 동기랑 같은 학교로 발령받아 기나긴 출퇴근 시간을 같이 다니며 수다 떠는 재미도 쏠쏠했다.

예전엔 학기 초에 가정방문을 다녔다. 아파트같이 밀접지역이 아니라 산 넘어 집 하나 있는 그런 동네였는데 하루에 기껏해야 서너 집 다니면 끝이었다. 아이들 말로 '바로 조기'라고 해서 따라가 보면 꼬불꼬불 고갯길 넘어 30분에서 1시간 더 걸어가야 하는 거리였다. 그렇게 다리 아프도록 가보면 밭일 농사일로 집엔 아무도 없었다. 간혹 내 방문을 기다리며 계신 분도 있었는데, 오렌지색 환타를 큰 스테인리스 대접으로 가득 담아서 내오곤 했다. 넘치는 인심이다.

그땐 동네 인심도 참 좋았다. 이장님을 통해 동네잔치에 초대되기도 했다. 개천도 있고, 논둑 밭둑길은 평온한 농촌의 모습을 고스란히 드러냈다. 내가 좋아하는 커다란 저수지도 있었다. 꽤 깊고 넓었다. 낚시도 가능한지 가끔 찌를 드리우고 앉아 있는 사람도 보였다. 심오한 저수지를 들여다보면 깊이 빨려 들어갈 것 같았다.

학교 뒷문을 나가면 개천이 나오고 바가지 모양의 산이 보인다. 한여름 체육 시간이 되면 학생들과 이 개울을 찾곤 했다. 학생들은 아주 자연스럽게 여기서 미역을 감았다. 깊은 곳은 아이들 배 정도 물이 찼는데, 그리 깊지 않아 물놀이하기 좋았다. 어쩌다 개구쟁이들에게 걸려 체육복을 홀딱 적시기도 했다. 그래도 즐거운 한때였다. 미술 시간에는 바가지산에 올라가 그림을 그리기도 했다. 나도 미술도구를 챙겨 같이 그렸다. 놀면서 공부하던 그 시절은 나도 학생처럼 행복했다.

학교에서 당당하게 외출할 때가 있다. 바로 전통(전언통신문) 보내는 시간이다. 지금은 컴퓨터로 공문처리가 간단하지만, 예전에는 전화로 공문을 읽어 주면 받아 적고 이를 다음 학교에 또 전달하는 방식이었다. 아무래도 길게 통화해야 해서 통신료가 비싸 일반 학교 전화를 사용하지 못했다. 안내원이 연결해 주는 돌리는 전화를 사용해야 했고, 그 전화기는 학교엔 없어서 이웃 농협까지 가야 했다. 번거로운 일이라 막내 교사가 주로 이 일을 담당했는데, 난 이 일을 좋아했다.

컴퓨터가 없던 시절 수시로 학습지를 만들었던 이야기도 해야겠다. 아직도 간직하고 있는 설필이 있다. 기름종이(원지)에 철필로 글씨를 쓴다. 기록이 아니라 흔적을 만들어야 해서 적당한 힘을 주어 써야 했다. 너무 힘주면 밀랍 종이가 찢어지고 힘이 약하면 프린트가 제대로 되지 않았다. 이것도 자주 쓰면 전문가가 된다. 가운데 손가락에 굳은살이 배길 정도로 열심히 썼다. 후에 타자기가 나와 철필 쓸 일이 줄었고, 컴퓨터 자판기로 요즘 이렇게 편안하게 출력하고 있으니 참 좋은 세상이다. 가끔 책상 서랍에서 철필을 꺼내 본다. 추억 물건 하나쯤은 간직하고픈 소박한 욕심이다.

하나 더하기 하나

보석은 세공할수록 반짝반짝 빛난다. 해를 거듭할수록 학교생활도 무르익어가고 읍 단위의 조금 큰 학교로 전근을 했다. 어설픈 교사 생활도 점차 빛을 받기 시작했고, 20대 중반의 나는 이미 여러 명의 후배 교사로부터 선배 소리를 듣고 있었다. 친구들에게서 심심치 않게 청첩장도 받았다.

1986년 봄, 드디어 결혼했다. 내가 바라던 대로 성당에서 프란치스코 신부님의 주례로 경건하게 혼배성사를 올렸다. 성당 마당에는 하얀 목련이 화려하게 피어 있었다. 일요일이라 우리 반 학생들에게도 비밀로 하고 조용히 결혼식을 하려고 했다. 그런데 웬일인지 성당에 아주 많은 학생이 와 있었다. 나는 깜짝 놀라 한 학생에게 물어보니, 성당 주보에 커다랗게 홍보되어 있었다고 한다. 나만 모르고 있었나 보다. 동료 선생님들과 친구들이 축하해 주었다. 결혼사진을 보면 웃고 있는 내 모습이 마냥 행복해 보인다.

신혼여행으로 제주도를 갔다. 처음 타 보는 비행기, 처음 가 본 호텔은 꿈만 같았다. 낯선 두려움을 오롯이 남편에게 의지하며 설레는 마음으로 나선 여행이다. 그 당시 제주도 사진들은 비슷한 장소에서 비슷한 포즈로 찍은 것들이 많다. 제주도 신혼여행이 한창이었고, 운전기사와 사진사를 겸하는 안내자가 유행이었기 때문이다.

푸른 제주 바다, 들판 가득한 노란 유채꽃, 처음 올라타 본 말, 구멍이 크게 뚫린 현무암 돌하르방, 야자 식물원 등은 새로운 제주 풍경이었다. 제주도 여행을 마치고 비행기 대신 배를 탔다. 제주도에서 부산으로, 그리고 남해를 지나 전라도 광주를 거쳐 올라오는 경로였다. 남편이 주도한 여행 계획이다. 부산에서 하루 머물고 여수 오동도도 갔다. 꽤 이곳저곳을 많이 다녔다. 아마 요즘처럼 해외여행을 할 수 있는 여건이었다면 남편은 유럽 전역을 돌아볼 성격이다. 행복했던 일주일이었다. 그렇게 우리는 1+1이 되었다.

신혼여행에서 돌아온 나는 바로 현실에 적응해야 했다. 영화 속 배우가 아닌 시집에서의 며느리 역할이 기다리고 있었다. 결혼 전 시부모님을 만나 같이 잘 살 자신이 있었다. 막상 결혼하고 보니, 시어머니는 역시 시어머니였다. 엄격하고 무서운 분이셨다. 남편 직장은 안양이라 새벽 5시부터 일어나 아침 준비를 해야 했다. 물론 어머니가 준비하시지만, 항상 졸린 눈으로 그 옆에서 대기하고 있었다. 아무것도 하지 못하면서 서 있는 역할은 너무 힘겨웠다. 보고 배우는 실습생이 되어 아무 말도 못하고 주눅 들어 있었다. 왜 그리 움츠러들고 살았는지 모르겠다. 남편이 출근하면 아침 식사 후 설거지까지 마치고 나도 출근 준비를 했다. 학교에 도착하면 생기가 돌았다. 나에겐 학교가 피난처였다. 다행히 학교는 도보로 다닐 정도로 가까웠다.

몸보다 마음 불편한 것이 더 힘들다는 것을 처음 실감했다. 불편한 마음은 화장실 볼일도 못 할 만큼 몸이 반응했다. 친정이 가까워 다행이라고 할까, 거의 두 달이 되도록 화장실 볼일은 친정으로 다녔다. 분가해서 둘만 사는 친구들이 너무 부러웠다.

가을이 지나고 동절기가 되면 공무원 퇴근 시간이 한 시간 앞당겨진다. 해가 짧아지기 때문이다. 하지만 난 그 한 시간을 배회했다. 매일 한 시간을 채우고서야 귀가했다. 친구랑 만나 수다도 떨고 다방에서 차도 마시고 그렇게 내 숨통을 틔우며 지냈다. 그러다 자주 가는 찻집에서 시아버님과 맞닥뜨리게 되었다. 지금 생각하면 씁쓸한 웃음이 나온다.

결혼 후 나는 점점 말라갔다. 몸무게가 5kg이나 줄었다. 그것이 입덧으로 이어졌다. 밥맛도 없었고, 조금이라도 먹고 나면 바로 화장실에 가서 다 토했다. 점점 모든 일에 의욕을 잃었다. 기운도 없고 하루하루 버티는 것조차 힘겨웠다. 이때 나를 구원한 것이 포도다. 매일 포도만 먹고 살았다. 포도를 한 광주리 씻어 놓고 먹다 보면 어느새 바닥이 드러난다. 그렇게 내가 먹는 모습이 신기한지 아는 사람마다 포도를 사 주었다. 드디어 이듬해, 첫 딸을 출산했다.

겨울 방학이라 여유 있게 아침을 먹고 나서 설거지를 하려 할 때 나도 모르게 아래가 축축했다. 얼른 옷을 갈아입고 나왔는데 또 바지가 축축해졌다. 이상해서 어머니랑 부랴부랴 산부인과에 갔다. 아직 예정일이 17일이나 남았다. 의사는 양수가 터졌으니 바로 입원해야 한다고 했다. 음력으로 섣달그믐날이다. 내일이면 설날이라 준비할 것이 많은 날이다. 의사는 초산이라 시간이 좀 걸릴 거라고 말했다. 어머니는 집에 들러 필요한 것을 챙겨온다며 "아범에게 연락하마."하고 집에 가셨다. 촉진제 주사를 맞은 후 갑자기 진통이 시작되었다.

회사에서 연락을 받은 남편은 급히 귀가했고, "아직 여유 있으니 점심이나 먹고 가자."라는 시어머니 말씀대로 점심 먹고 병원에 들어서니 벌써 출산한 아기가 있었다. 성질 급한 딸은 이렇게 섣달그믐날 오후에 태어났다. 하루도 아닌 몇 시간 만에 한 살을 더 먹어 두 살이 되었다.

언젠가 딸이 "엄마, 나는 무슨 띠야?" 하고 물으면,

"글쎄, 호랑이띠라고 하기도 그렇고 토끼띠라고 하기도 그런데……. 너는 호랑이 꼬리 띠 정도 될 거야."라며 우스갯소리를 했다.

엄마가 되고 나서 많은 것이 바뀌었다. 집 분위기가 달라졌다. 예쁜 아기방이 꾸며졌고, 곳곳에 아기용품이 가득했다. 아기 침구도 어머님이 만들어 주셨다. 남편이 사다 준 공책에 육아 일기를 기록했다. 자는 아기 얼굴을 들여다보면 시간 가는 줄 몰랐다. 아기 냄새를 맡으며 사진 찍고 아기 얼굴 그리고, 모빌 만들어 주고 그렇게 엄마가 되어갔다.

시부모님도 처음 보는 손주라 무척 아껴 주셨다. 아기 이름은 혜리(惠

利)로 아버님이 지어 주셨다. 부르기 쉽고 예쁜 이름으로 아이와 참 잘 어울리는 이름이다. 덕분에 산후조리도 잘 마쳤다. 예전에 나만 따라다 니던 어머니 시선이 아이에게로 넘어갔다. 두 달의 짧은 산가(출산휴가)를 끝으로 다시 학교에 복귀했다. 직장 관계로 모유 수유는 바로 끊고 우유를 먹이기 시작했다.

약사 출신이신 어머니는 아기가 열나거나 아파서 울면 바로 대처를 잘 해 주셨다. 아마 나 혼자 키웠다면 항상 눈물바다였을 상황인데 육아에 대해서는 최고의 조력자셨다. 1+1=3이 되면서 나는 비로소 단단해져 갔다.

남편의 이른 출근과 늦은 귀가로 온 식구가 힘들었다. 한창 젊은 나이지만 누적된 피곤으로 남편도 점차 말라갔다. 좋은 방안을 찾다가 내가 안양으로 전근 가면 어떨까 의견을 냈다. 맞벌이 부부를 고려하여 시부모님이 아기를 돌보아 주기로 하고 드디어 분가하게 되었다. 돌잡이 아기를 떼어놓고 시댁을 떠나는 날, 왜 그리 눈물이 나오는지 모르겠다. 어머니는 "좋으면서 왜 우느냐?"고 하셨지만 아랑곳하지 않고 많이 울었던 기억이 난다.

안양의 조그만 아파트를 얻어 새살림을 시작했다. 전근한 학교 근처로 구했다. 낯선 지역이고, 직장도 집도 모두 바뀌었지만 마음만은 편안했다. 평생 같이 살 것 같았던 시집살이를 불과 2년으로 졸업하고 그렇게 분가했다. 매주 토요일 수업을 마치고 남편과 같이 본가로 와서 1박 하며 부모님과 딸을 만나는 생활을 7년간 지속했다. 거의 빠지지 않는 일상이었다. 딸이 있었기에 피곤하다 바쁘다는 핑계를 대지 않고 시댁을 다녔다는 것을 부인하지 않는다.

3년 터울로 두 번째 임신했다. 체질상 이번에도 입덧이 심했지만, 처음보다는 조금 수월했다. 시아버지 기대대로 아들을 꿈꿨지만, 또 딸을 출산했다. 역시 시댁에서 산후조리를 했다. 요즘같이 산후조리원이 있었다면 얼마나 좋았을까? 큰아이는 추운 한겨울에 태어났고, 둘째는 몹시 더운 7월 복중에 태어났다. 극과 극이다.

둘째도 아버님이 이름을 지어 주셨다. 윤하(允荷)라고 연꽃 하를 넣어 주셨다. 부르기 쉽고 멋진 이름이다. 시부모님께 둘 다 키워달라고 하기에는 염치가 없었다. 큰딸도 손이 많이 가는 3살이었으니 연로하신 부모님에겐 버거운 일이다. 마침 친정 고모님이 인양에 이사를 오시게 되었다. 우리에겐 너무 좋은 기회다. 고모에게 아기를 봐 달라고 했다. 연로

하신 고모부와 고모는 흔쾌히 그러자고 하셨다. 그렇게 해서 둘째는 나와 출퇴근하며 고모님 댁에서 5살까지 자라게 되었다. 지금 생각하면 다 어른들 덕분에 남의 손 거치지 않고 두 딸을 반듯하게 기를 수 있어 감사하다.

이렇게 나는 나이 삼십이 되어 1+1=4가 되었다. 조금 커서 두 딸과 같이 지낼 때 할머니 이야기를 하면 두 아이는 각각 다른 할머니를 연상한다. 큰아이는 시어머니를, 막내는 친정 고모를 떠올린다.

내가 네 식구 온전히 함께 지내기로 계획한 것은 큰딸 혜리가 초등학교 입학하는 시점이었다. 그때가 되면 학교와 유치원 생활을 하면서 내가 거둘 수 있을 거라 생각했다. 드디어 혜리가 입학적령기가 되었다. 7년 동안 딸처럼 키웠던 시부모님은 무척 섭섭해 하셨지만 나는 내가 근무하는 학교에 입학을 시켰다.

가족 생애주기로 볼 때 가족 형성기를 거쳐, 자녀 양육기, 자녀 교육기의 단계를 차례로 밟아 나아가고 있었다.

슬기로운 교사 생활

아이를 키우면서 교사로서 해야 할 역할도 변화하기 시작했다. 아이들 눈높이를 맞추는 것에 익숙해졌다. 예전에 이해할 수 없는 학생의 행동도 그럴 수 있다고 긍정하게 되었고, 기대치에 못 미쳐도 예전처럼 닦달하지 않았다. 지나간 제자들에게 미안하다고 말하고 싶다. "괜찮다. 괜찮아."라는 말을 왜 해주지 않았을까.

1학년 담임하면서 있었던 에피소드다.

시계와 시곗줄[1]

"내꺼야. 이리 줘."

"싫어, 내꺼야. 니가 줬잖아."

두 아이가 서로 잡아 뜯고 싸우고 있다.

민첩한 재석이가 쪼르르르 달려 나왔다.

"선생님, 쟤네들 싸워요!"

주간학습 안내를 작성하던 나는 안경을 고쳐 쓰고 천천히 자리에서 일어선다.

'또 무슨 일인가.'

초 단위로 불러대는 아이들 호출에 인상을 구기며 걸음을 뗀다.

그런데 이번엔 단골손님 건우도 재욱이도 아닌 내성적인 윤아가 그 현장에 있는 게 아닌가.

어느새 둘이 한바탕 붙어 싸웠는지 머리끝이 다 빠지고 선주는 울먹이며 억울하다는 듯이 씩씩거리고 있다.

"무슨 일이니?"

"시계 때문이에요." 옆에서 재석이가 아는 체한다.

"서로 자기 꺼라고……"

---

1) 상황극으로 쓴 글. 이름은 모두 가명임.

윤아 손목에 찬 백설공주 그림이 박힌 꽃분홍 시계가 아주 예뻤다.

선주가 말한다.

"이 시계, 지난번에 울 아빠가 일본 갔다가 사다 준 거예요."

윤아가 울먹이며 웅얼거린다.

"네가 줬잖아. 시곗줄이 끊어져서 버린다며."

나는 두 아이를 진정시키며 사건 내막을 들어 본다.

선주의 시곗줄이 투명한 플라스틱이었는데 장난하다 끊어져서 찰 수가 없었다. 선주는 시계를 흔들며 소리쳤다.

"누가 이 시계 가질래?"

그러자 평소 그 시계가 부러웠던 윤아가 얼른 손을 들었다.

일주일 전, 선주는 윤아에게 인심 좋게 그 시계를 넘긴 것이다. 비록 줄이 없는 시계지만 윤아는 백설공주 그림이 아주 맘에 들었다. 집에 돌아오자마자 엄마에게 부탁해 예쁜 시곗줄로 고쳐 달라고 했다. 오늘 그렇게 수선한 시계를 차고 왔던 것인데 그만 선주 눈에 띈 것이다.

선주는 자신이 던져 버렸던 기억은 간 곳 없고 더 예쁜 시곗줄로 탄생한 것을 보자 자신이 처음 손목에 찼던 세 시계의 기억만 가득했다. 다시 갖고 싶을 뿐이었다.

윤아 역시 보잘것없는 버려진 시계를 멋지게 탈바꿈하여 기분 좋게 차고 나왔는데 이제 와 다시 달라는 선주가 어이없었다. 선주에게 호락호락 뺏기지 않을 기세다.

나는 난감했다. 하루에도 열두 번씩 판사처럼 판정을 내려야 하는 것이 선생의 일과다.

시계와 시곗줄.
서로 분리해서는 존재의 가치가 없어지는 것.
선주의 시계와 윤아의 시곗줄을 어떻게 조합해야 할 것인가.
여덟 살 아이에게 수긍 가는 판정을 내려야 할 시간이다.

우선 그 시계를 맡아 두기로 한다. 나는 아이들 부모를 생각했다. 시곗줄이 끊어지도록 그대로 방치한 것과 얻어온 시계를 자세히 알아보지도 않고 무턱대고 소유하게 한 모습이 이런 결과를 가져온 것이 아닐까? 사건 해결에 있어 조심스러운 것이 항상 아이들보다 부모들이다. 먼저 윤아의 어머니한테 전화를 건다.

윤아가 얻어온 시계는 주인이 있는 시계다. 철없는 아이가 줬다고 해도 어떤 교환의 형태가 없었던 거다. 그래서 자세한 내막을 말하고 아무래도 주인에게 돌려주어야 할 것 같다고 했다.

"아니, 그 시계가 그 아이 꺼 맞나요? 난 우리 아이 말만 듣고, 나 원 참. 알았어요."

물론 시곗줄 비용을 묻고 그 비용은 돌려드리겠다고 하였다. 이참에 윤아에게 알맞은 새 시계를 사 주는 게 어떨까 조심스레 운을 띄운다.

또한 선주네 어머니한테도 전화를 건다. 선주의 시곗줄이 끊어져 찰 수 없었던 것을 그대로 방치한 것이 이번 사건의 발생 원인이다.

"시곗줄이 끊어졌다는 말은 들었는데 바빠서 그만……. 알았어요, 선생님. 시곗줄이 얼마래요?"

다행히 두 부모는 나의 제의대로 따르겠노라 약속했다.

다음 날 윤아와 선주 두 아이 손목에는 예쁜 시계가 각각 메여 있다. 방긋 웃으며 둘이 손잡고 걸어가는 모습을 보니 흐뭇하다.

나도 시계를 본다.

'어, 수업 시작할 시간이네. 오늘은 또 어떤 일이…….'

다음은 4학년 담임 시절의 일화다.

진실 게임[2]

4학년 담임을 맡은 나는, 교무실로 호출을 받았다. 찜찜한 기분에 점심을 먹는 둥 마는 둥 1층으로 내려갔다. 학부모 한 분이 흥분하며 큰 소리를 내고 있었다. 이야기를 요약하면 곗돈을 장롱에 넣어 두었는데 10만 원이 없어졌다. 식구들을 닦달하던 중 막내가 가져갔다고 실토하였는데, 알고 보니 6학년 형이 돈을 가져오라고 협박해서 일주일 전 어쩔 수 없이 손을 댔다고 한다. 문제의 학생을 자신의 눈앞에 대령시키라고 한다. 얼마 후 키가 큰 아이와 그 아이의 어머니가 들어섰다. 어머니는 큰 죄를 지었다는 표정으로 머리를 조아렸는데, 학생은 아무것도 모르겠다는 표정으로 억울하다고 하며, 4학년 아이를 지금 처음 본다고 씩씩거리고 있었다.

"너, 나 알아? 내가 언제 그랬어? 나 아니잖아!"
하지만 교무실의 많은 눈은 키가 작은 4학년 아이의 말에 심증을 굳혔다. 그 아이 옆에는 2명이나 증인이 있었다. 사건 현장을 봤다는 것이다.

사건은 종료되는 듯했으나 뭔가 석연치 않은 느낌은 뭘까? 세 학생과

---

2) 2001년 상황 이야기, 이름은 가명임.

교실로 돌아온 나는 명확한 물증이 필요했다. 하지만 말 한마디가 조심스럽다. 평소 세 아이의 행동은 크게 속을 썩이는 타입도 아니었고, 눈에 띄는 말썽꾸러기도 아니었다. 물론 모범생 쪽도 아니었다.

방과 후, 세 학생을 남게 했다. 각각 종이 한 장씩 주면서 사건의 상황을 육하원칙에 따라 세밀히 적어 보라고 하였다. 한 아이는 교실에서, 한 아이는 연구실에서, 한 아이는 과학실에서 각각 쓰도록 했다. 주변 아이들 말이 세 아이가 이번 주 유난히 몰려다녔고, 씀씀이도 헤펐다고 한다. 어제 학교 앞 문구점에 들러 물어보니 셋이 몰려다니며 이것저것 물건도 많이 사 갔고, 아이스크림도 2개씩이나 사 먹었다고 한다.

세 아이의 다 쓴 글을 받고 수고했다고 하다 이상한 점을 발견했다. 6학년 형이 돈을 빼앗은 장소가 한 아이는 교문 앞, 다른 아이는 운동장, 또 다른 아이는 축구 골대였다. 어떻게 이럴 수가……
"잠깐만!"
한 명씩 면담을 시작했다.
"진성아, 지금부터 선생님에게 솔직하게 말하면 큰 문제가 되지 않아. 하지만 네가 거짓으로 사실을 밀히지 않으면 경찰서에 갈 수도 있어. 거짓으로 남에게 덮어씌우는 일은 큰 범죄야. 나는 너를 믿어."

학생의 눈은 마구 흔들렸다.

증인 두 아이는 영수가 만 원씩 줄 테니 증인이 되어 달라 했다고 한다. 예전에 축구 골대에서 놀다가 그 형이 비키라고 소리 질렀고, 그 형은 매일 운동장에 살다시피 해서 점심시간에 잘 놀지 못했단다. 그래서 대상으로 삼았다고 했다.

다음 날, 다시 두 학생과 두 어머니가 모였다. 상황은 반대가 되었다. 6학년 학생의 어머니는 자신의 아이 등을 때리면서 "평소 네가 어떻게 행동했길래 이런 봉변을 받냐."며 울부짖었다.

4학년 학생 어머니는 지난번과는 확연히 다른 모습이었다. 쩔쩔매며 사과조차 힘겨운 표정이다. 나도 그 자리가 몹시 불편했다.

비록 원망을 듣더라도 진실을 가리는 일이 중요하다는 생각에는 변함없다. 학급 아이들을 사랑하기에 후회하지 않기로 했다.

다음은 학교 적응기에 관련된 일화다.

우리 아이는 안녕한가요?

2학년 담임 시절의 일이다. 3월 초 출석부 이름을 부르는데, 한 학생이 대답하지 않았다. 앞에 앉아 있으면서도 눈만 깜빡일 뿐 목소리를 내지 않고 있다. 다른 친구들이 옆에서 거든다.

"쟤는 원래 말 안 해요. 1학년 때에도 말한 적이 한 번도 없걸랑요."

나는 서로 눈만 마주쳤을 뿐, 별 반응 없이 출석 인정만 하고 넘어갔다. 나중에 더 자세히 알아보니 집에서는 엄마와 이야기도 잘하고 조잘조잘 수다를 잘 떤다고 한다. 그 친구는 말도 없지만 모든 면에서도 있는 듯 없는 듯 소심하게 생활하고 있었다. 1학년 담임 선생님께 들으니 엄마가 조선족이라 한다. 약간의 억양이 달랐고, 언젠가 친구들에게 너는 왜 그렇게 말하니? 하는 말을 들었을지도 모르겠다.

어느 날 점심시간이 끝난 오후, 나는 아이들과 '즐거운생활' 수업 시간에 운동장으로 나갔다. 모두가 참석해야 하는 규칙을 말해 주며, 고리잡기 술래놀이를 하였다. 이 놀이는 학급 전체 아동이 두 명씩 손잡고 고리를 만든 후 토끼와 술래를 정한다. 도끼는 도망가고 술래는 토끼를 잡는 놀이인데, 토끼는 고리 안에 들어가 다른 친구와 교대할 수 있다. 계속 토끼가 바뀌면서 술래잡기가 이어지는데, 무엇보다 빠르고 활동적인 놀이다. 도망가고 잡히고 하면서 아이들은 고래고래 소리 지른다. 억누르는 이성이 없어진다. 아무도 자신을 의식하지 못한다. 나는 그 여학생을 눈여겨보았다. 달리기도 곧잘 하고 술래잡기의 규칙도 잘 이해하고 있어 이 놀이에 금방 빠져든다. 그리고 소리 지른다. 드디어 그 친구의 목소리를 듣게 된 것이다. 한 시간의 수업이 끝나고 아이들은 얼굴이 벌겋게 되어 웃음꽃이 피었다. 나는 슬쩍 그 친구에게 다가가 "재미있었니?" 하며 손을 잡고 말을 걸었다. 살짝 망설이다가 고개를 끄덕인다. 물꼬를 텄다.

다음날 그 학생의 어머니로부터 전화를 받았다. 체육 놀이가 너무 재미있었다면서 신이 났다고 한다. 믿기지 않아 확인하고 싶었단다. 1학년 일 년간 놀이에 참여하지 못하고 빙빙 겉돌았나 보다. 본인 스스로 이방인을 자처하고 구경꾼처럼 지내왔었다. 이제 그 친구는 스스로 장막을 벗어던질 수 있었다. 문 하나 넘는 것은 별것 아닌데, 그것이 힘든 아이가 있다.

요즘은 소심한 아이보다 너무 활발해서 힘든 아이들이 많다. 집인지 학교인지 구분하지 않고 마구잡이 행동을 해서 주위 친구의 눈살을 찌푸

리게 한다. 대부분 집에서 귀한 대접만 받고 양보나 배려를 배우지 못한 경우다.

초등학교는 학생에겐 사회생활을 배우는 첫 장소이고, 나와 다른 사람들과 어울리는 중요한 곳이다. 마찰과 분쟁이 많은 곳이기도 하지만 어린이가 성장하면서 겪는 필요한 일이기도 하다. 집에서 형제끼리 싸우는 것을 가정폭력으로 여기지 않는 것처럼, 간혹 사소한 마찰은 학교폭력으로 침소봉대하지 않기를 바라는 마음이다.

보고 싶은 할머니

　태양의 열기가 아무리 뜨거워도 절기가 지나면 더위는 한풀 꺾인다. 새벽이면 어느새 스웨터를 찾게 된다. 여름옷 정리를 하면서 스웨터를 찾다가 오래된 할머니의 스웨터가 눈에 띄었다.

　이 옷은 내가 첫 월급을 타면서 월급의 반이 넘는 가격으로 산 양모 100% 순도 수제품인 옷이다. 아직도 실의 짜임이나 조직이 한결같아 가지고 있다. 할머니는 이 옷을 좋아하시기는 했으나 무겁다고 집에서 잘 입지는 않았다. 처음 선물이라 비싸면 다 좋은 것인 줄 알았던 나의 실수다.

오히려 나중에 사 드린 얇은 보라색 스웨터를 더 좋아했다. 할머니는 연가지색이 제일 예쁘다고 하셨는데 그게 연보라색인 줄도 나중에 알았다. 내가 알고 있던 색은 크레파스에서 배운 이름이라 한동안 소라색, 갈색, 연가지색, 국방색 등이 실제 어떤 색인지 잘 연결시키지 못했었다. 지금은 연가지색을 보며 할머니색이라고 명명한다.

할머니는 나를 시집보낼 때까지는 살아야지 하셨는데 다행히 결혼 후 두 아이를 출산하는 것도 보셨다. 할머니는 그때 자동차 면허도 따고 운전하며 집에 들렀을 때 장하다고 칭찬해 주셨는데 그 말씀이 효도라도 한 냥 새록새록 기분 좋았다.

할머니는 참 단아한 모습으로 기억된다. 아침 일찍 신문지를 펼쳐 참빗으로 고이 빗어 쪽 찐 머리에 은비녀를 꽂고 머리카락은 모두 모으셨다. 그렇게 모은 머리카락으로 바늘쌈지를 만들어 바늘을 꽂으면 바늘이 녹슬지 않는다고 했다. 재봉틀 하단에 반짇고리에는 크고 작은 알록달록 천이 많았는데 그것은 예쁜 조각보로 변신하여 밥상에도 덮어지고 보자기로도 쓰였다. 동그란 돋보기를 쓰면서도 바늘귀가 잘 보이지 않는다며 손녀인 나에게 실을 꿰어달라는 부탁을 자주 하였닌 짓으로 기억된다. 여름이면 곱게 풀 먹인 삼베와 세모시로 한복을 지어 할아버지와 할머니는 매일 입고 있었다.

할머니는 언제부터 이렇게 일을 잘하시냐고 했더니 십삼 남매 셋째 딸로 태어나 어려서부터 부엌일과 동생 돌보는 일을 해왔다고 했다. 그 시절 소학교에서 글을 배울 수 있었는데 부모님은 딸들에게는 글을 가르치지 않아서 동생 업고 나가 친구 집에 맡겨놓고 몰래 소학교를 다녔다고 했다. 그 덕분에 나는 어려서 할머니가 읽어 주시는 역사 이야기를 많이 듣고 자랐다. 삼국지도 같이 읽고, 전래동화도 같이 읽고, 사화 이야기도 또래 아이들보다 많이 알고 있었다.

예전에는 여자가 유식하면 시집가기 힘들다 하여, 할머니는 문맹인 척하고 시집갔는데 어느 날 그만 남편에게 들통 났단다. 하지만 할아버지는 놀라워하며 더 아껴주시고 사랑해 주셨다고 했다.

13남매 중 세 할머니만 장수하셨다. 그중 우리 할머니는 셋째 딸로 가장 똑똑하셨다. 두 분 언니와 같이 영화를 보고 오면 두 할머니는 계속 졸다가 집에 와서 다시 할머니에게 줄거리를 말해 달라고 한다. 2시간짜리 영화를 다시 2시간 걸쳐 이야기해 준다. 나는 영화도 좋지만, 할머니께 다시 듣는 영화 이야기도 참 좋아했다.

명절이나 제삿날에는 항상 우리 집에 손님이 끊이지 않고 많이 왔다. 할아버지는 독자여서 거의 할머니 쪽의 친척들이 많았다. '계성 할머니'로 불리는 우리 할머니는 음식 솜씨가 남달라 친척들에게 칭송을 많이 들었다. 냉장고도 없던 시절, 신 김치를 싫어하는 할아버지를 위해 사흘마다 김치를 담그고, 매운 것을 잘 못 먹는 나 때문에 찌개도 항상 두 가지를 하셨다. 어릴 때 먹었던 이름도 모르는 음식이 간혹 생각날 때가 있다. 갖가지 사연을 감칠맛 나게 버무린 이야기를 읽는 것처럼 어릴 때 먹었던 음식에 대한 맛의 느낌과 추억은 아직도 어렴풋이 남아 있다.

명절이 가까워져 오면 하얀 밥알이 살포시 떠 있는 살얼음의 식혜가 생각난다. 할머니가 열 살 이전부터 시작하셨다는 식혜는 팔십이 넘는 나이까지 해마다 하셨으니 70년의 세월을 해 오신 작품인 셈이다. 다른 어느 집보다 훌륭한 식혜 맛을 뽐내며 겨우내 커다란 독 가득히 만들어 살얼음과 함께 표주박으로 뜨고 엿기름에 따로 삭힌 밥알을 조리로 건져 넉넉히 담아 먹던 기억, 할머니의 사랑과 푸근함이 그대로 전해진다.

옴 식은 아마도 시간에 얹힌 기억의 촉매임이 분명하다. 남편은 몇 번 먹어보지 못했지만, 우리 할머니의 식혜와 너비아니의 맛을 최고로 기억한다. 할머니는 어려서부터 부엌일을 해서인지 손녀인 나에게는 늘 너그러웠다. 머릿속에 든 글을 배우는 것이 어렵지, 몸으로 익히는 일은 언제든 배운다며 공부 외에는 집안일을 잘 안 시키셨다. 그 덕분에 남편은 입맛만 버려 놓고 할머니의 음식 솜씨를 전수하지 못한 것을 안타까워한다.

할머니 허리춤 속바지 주머니 속에는 꽁꽁 숨겨둔 소박한 보물 하나가 있다. 아주 옛날 신문 한 자락 조그만 서양 여자 얼굴 사진이다. 그가 누구냐고 물으니 긴 코와 작은 얼굴과 예쁘장한 입매가 당신 어머니 닮았다고 했다. 예전 어머니 사진 한 장이 없어 그렇게도 간직하고 계셨나 보다. 다행히 나에게는 할머니 사진이 여러 장 있다. 하지만 내리사랑인지 스마트폰에는 딸, 손주 사진만 있고 할머니 사진은 없다. 오늘은 불현듯 옛 앨범을 뒤적이며 할머니 사진을 찾아본다. 내 할머니는 어미 없는 나를 손주 겸 딸처럼 애지중지 그렇게 사랑하셨다.

어머니와 영화 구경*

시어머니와 단둘이 영화관에 다녀왔다. 그 흔한 영화 한 편 보는 일이 별거겠는가마는 나에게는 처음 있는 일이었다. 얼마 전 시댁에 갔을 때 식탁 옆 달력에 '철가방'이라고 메모해 놓은 것이 있기에 중국집 이름인가 의아해했다. 그런데 뜻밖에 영화 제목이라고 한다. 그 영화가 잘 되었다는 이야기를 듣고, 보고 싶어 적어 놓았다고 한다. 작년에 아버님께서 돌아가신 후 같이 영화 보러 갈 사람도 마땅치 않았겠다 싶었다. 그런 것까지 살피지 못한 것이 마음에 걸렸다. 집에 돌아와 모처럼 어머니께 효도하는 기분으로 인터넷 검색을 하고 적당한 시간을 확인하여 예약을 잡았다.

영화는 고아 출신 젊은이가 가정의 보호 아래 살아 보지 못한 한을 기부 천사가 되어 베풀며 살아가는 감동적인 내용의 실화를 바탕으로 만들어진 영화였다.

아버님이 돌아가신 후, 혼자 사시는 어머니께 더 관심이 다가간 것은 사실이다. 결혼 초 시댁에서 같이 지낼 때의 생각이 아직도 나에게 미세하지만, 상흔으로 남아있는 걸 보면 그때의 시집살이라는 것이 나에게는 녹록지 않았다고 여겨진다. 이십 대의 나에겐 결혼에 대한 환상의 꿈이 가득했던 시절이다. 그러나 결혼과 동시 시부모님과 함께 그 가족의 일원이 된다는 것은 그리 쉬운 일이 아니었다. 사소한 습관, 생각과 행동을 모두 바꾸는 일이 왜 필요한지, 그리고 왜 바꾸어야 하는지 도무지 이해할 수 없었다. 다행히 2년 안에 분가하여 어려움을 모면하고 그 후 좋은 관계를 유지하게 되었다.

가족을 형성한다는 것은 다분히 운명적이다. 가족이란 가계(家計)를 공동으로 하는 친족집단으로 혈연과 혼인 관계 등으로 맺어진다. 그러고 보면 자신의 자유의지 없이 아무개의 자식으로 태어나 갖게 되는 혈연과정이 첫 번째 내 가족의 탄생이다. 선택권은 없지만, 운명적으로 가족이 만들어지는 거다. 두 번째는 혼인을 통해 맺어진 가족관계 형성을 들 수 있는데 이 또한 예측 불가능하다. 두 사람의 선택을 바탕으로 혼인 관계가 이루어지면서 또 다른 부모를 갖게 된다. 그러나 이 관계는 서로의 관심과 인내, 노력이 더욱 요구되는 관계이다. 부모의 입장과는 달리 당사자는 결혼할 당시에는 미처 이 관계를 의식하지 못하곤 한다. 그러므로 미숙한 시기에 이 과정을 잘 견뎌내는 용기가 필요하며, 굳건한 가족이 만들어지기 위해 숙성의 시간이 필요하다.

영화 속의 '철가방 우수씨'는 고아로 자라 가난과 분노로 얼룩진 삶을 살아왔다. 그에게는 가정의 따뜻함을 느끼며 사는 것이 평생 한이 되는 사람이다. 밑바닥 인생을 살면서 폭력 혐의로 교도소에 복역 중, 우연히 잡지에 기고한 불행한 남매 이야기를 읽게 되고 그들에게 교도소에서 번 돈 일부를 보내기로 한다. 그에게 받은 돈으로 멜빵가방을 사게 된 소녀는 더는 꼽추 놀림을 받지 않아도 되어 행복하다고 감사의 편지를 보내온다. 태어나서 누군가에게 처음으로 들어본 감사 인사는 평생 외로웠던 그에게 세상 누구보다 행복한 나날을 선물했다. 서로에게 전하는 뜨거운 감사는 이제 삶의 원동력이자 살아야 하는 이유가 되었다. 출소 후 중국집에서 철가방을 들고 뛰어다니면서 번 70만 원의 월급으로 다섯 명의 아이들에게 장학금을 보내며 살아간다. 그렇게 기부 천사가 탄생한다. 그렇게도 원하는 가정을 한 번도 이뤄보지 못한 채 배달 중 사고로 목숨을 잃을 때까지. 하지만 그에게 다섯 명의 아이는 또 다른 가족이 되었다. 그는 죽기 전에 그 아이들을 위해 생명보험을 들어 둔다. 연고도 없고, 직업도 불안정하다는 이유로 번번이 보험계약이 어려웠지만, 그의 의지로 후원하는 아이들에게 보험금 수령을 할 수 있도록 하였다. 여기서 그는 이미 그 아이들을 가족으로 받아들이고 있다고 생각했다.

그러고 보면 가족은 여러 형태를 가지고 있다. 아무리 친한 친구도 가족이라고 하지는 않는다. 가족과 같은 관계라고 할 뿐. 직장 동료도, 이웃사촌도 가족으로 여기지 않는다.

내가 내 자식들 대하는 것처럼 시부모님을 대하는 관계가 언제쯤 비슷해졌는지 잘 기억되지는 않지만 분명 이런 고비를 넘겨온 것만은 사실이다. 처음부터 고분고분하고 사랑받는다고 느껴도 마음속까지 관계를 튼 것은 아니기 때문이다. 섭섭함이나 야속함에 울분하거나 상대방을 의식하는 불편함을 넘어선 후, 오해를 지나 이해하는 관계로 돌입하고, 상대방을 운명적으로 받아들이는 절차를 남몰래 가졌었다. 아마도 대부분 며느리로서는 시간 길이나 강도의 차이는 있겠지만 이러한 과정을 지내면서 그 집안사람이 되어가는 것이 아닐까 싶다.

그런데 주인공은 1.5평 남짓 고시원에 기거하면서도 자기 몸보다 나눔을 우선으로 살았다. 그의 기부 천사 인생은 우리에게 나눔과 행복에 대한 화두를 던져 준다.

영화가 끝나고 자리에서 일어난 나와는 달리 엔딩 스크린이 다 올라갈 때까지 어머니는 앉아 계셨다. 감동의 여운을 더 느끼는 것 같았다. 그때 나는 어머니와 이 영화 보기를 잘했다는 생각이 들었다.

밖으로 나와 어머니는 설렁탕 한 그릇 먹고 가자고 하신다. 쌀쌀한 바람이 불었다. 하지만 돌아오는 길이 훈훈한 건 뜨거운 설렁탕 한 그릇 때문만은 아니라는 것을 어머니도 나도 알 수 있었다.

* 수필과비평작가회의 제19집(2013)《우리 두 바퀴》에 수록

제4장

큰 나무가 큰 그늘을

빵만 주지 마세요

　흔히 배우자는 자신과 아주 반대인 사람을 만난다고 한다. 나 역시 남편 성격과 나는 매우 다르다고 생각한다. 내가 정적이라면 남편은 동적인 사람이다. 내가 한 곳에 안주하는 성격이라면 남편은 항상 새로운 곳을 찾고 도전하는 재미를 즐기는 성격이다. 공무원인 나와는 달리 남편의 경력은 화려하다.

　식품공학과를 나온 남편은 내가 처음 만났을 때 '가나안 제과' 과장 대리였다. 개발부에서 새로운 아이템으로 빵을 개발한다고 만날 때마다 맛있는 것을 손에 쥐여 주곤 했다.

남편은 졸업과 군복무를 마치고 던킨도너츠에 입사했다고 한다. 1982년 11월 던킨도너츠 초창기 연수자로 태국 연수를 다녀왔다. 당시 해외에 나가는 일은 드물어서 무슨 큰일을 하는 것처럼 공항에 가족들의 배웅을 받으며 출국했다는 이야기를 들으면 웃음이 났다. 그러나 우리나라 실정은 아직 비싼 도넛을 즐기는 일이 시기상조여서 그리 빛을 받지 못하고 문을 닫게 되었다. 그때 익힌 솜씨로 가끔 아이들에게 도넛 맛을 선보이곤 한다.

남편은 항상 먼 거리 직장을 다니게 된다. 내가 안양으로 전근하면서 남편 직장 가까이 옮겨갔지만 얼마 안 가서 서울로 옮기게 되었다. 이번에는 안양에서 서울로 출퇴근하는 상황이 된 것이다. 직위도 올라가고 어느 정도 안정된 위치에 오를 무렵, 남편은 외국인 회사에 스카웃 제의를 받고 옮겼다.

'유니레버' 다국적 기업은 유럽 쪽 회사로 이태원에 회사가 있었다. 주 5일 근무에 4주마다 월급이 책정되고, 자동차 제공, 핸드폰(당시 무전기와 같이 큰 벽돌폰) 등 다양한 혜택이 아주 많았다. 당시 초등학교는 토요일 수업이 있어 출근하는 나는, 학교에 다니지 않는 어린 딸아이를 맡길 수 있어 좋았다. 남편은 회의 때마다 외국어로 스트레스를 받고 있었겠지만,

연봉과 시간적 여유, 잦은 외식 등 나는 모든 면에 만족스러웠다.

그 후 남편은 자기 사업을 구상하고 있었다. 어느 정도 직장생활을 마감하고 가평에 빵 공장을 차렸다. 나는 불안한 마음을 가졌지만, 가끔 둘러본 공장은 커다란 오븐과 각종 기계, 그리고 구수한 빵 냄새로 가득 차 있었다. 다양한 아이디어 상품도 많았고, 현대나 롯데백화점 등 여러 곳에 납품하는 방식으로 운영하며, 새롭게 도전하는 남편의 기대감은 상승했다.

그러나 1997년 IMF 외환위기가 몰아쳤다. 설탕, 밀가루, 버터 등 모두 수입품으로 들어오는 원자재의 값은 천정부지로 솟아오르는 달러에 비례했고, 가격도 가격이거니와 돈 주고도 사기 어려운 지경이었다. 매달 들어가는 종업원들의 월급과 어음을 막는 일도 몇 달 버티기가 힘들었다. 남편은 팔지 못한 빵 박스를 나에게 수시로 주었고, 나는 그 빵을 학교 동료 선생님과 인심 좋게 나누어 먹었다. 언제부턴지 월급 대신 빵만 받았다.

"여보, 빵만 주지 마세요."

피땀으로 세운 공장을 헐값에 넘기고 부도는 막았다. 며칠 먹지도 못하고, 잠도 못 자는 남편을 두고 나는 열심히 학교에 나갔다. 사업은 평지풍파가 많은 일이라고 비싼 경험으로 깨달았다. 아이들의 교육비며 생활비는 꾸준히 상승하고 나는 가장이 되어 별일 아니라는 듯이 지냈다. 다시 남편은 월급쟁이가 되었다.

그 후부터 남편의 역마살 인생이 펼쳐졌다. 제주도, 부산, 광주 등 우리나라 전역으로 몇 달에서 길게는 몇 년씩 근무했다. 나는 방학마다 남편의 근무지 숙소에서 아이들과 함께 지냈다. 제주도 생활은 특별했다. 관광이 아닌 생활이 그러했고, 겨울임에도 푸릇푸릇한 나무가 많은 제주는 영하로 내려가는 일이 거의 없었다. 물가는 다소 높았으나 각종 생선과 횟감, 흑돼지 등 먹거리가 풍족했다.

부산 해운대 지역에서는 여름방학을 같이 보냈다. 아파트에서는 바다가 바로 보였고 아침 일찍 동이 트며 해가 뜨는 것을 감상할 수 있었다. 송정 해수욕장이 바로 코앞이었다. 새벽에 출근하는 남편과는 달리 느긋하게 일어나 아이들과 간단한 아침을 먹고 해수욕 준비를 하여 차에 싣고 나가면 바로 송정 앞바다였다. 수영과 물놀이, 모래놀이를 실컷 마치고 집에 와서 깨끗이 씻고 주변을 산책한다. 저녁에는 남편 근무처인 백화점 주변으로 나가 저녁을 먹기도 하고 여행가처럼 즐기며 지냈다.

전라도 광주지역은 먹거리가 풍부했다. 가까운 양동시장은 꽤 규모가 컸다. 인상적인 것은 삭힌 홍어였다. 거기서 남편 생일상을 차리고 손님을 맞이하게 되었는데, 홍어가 빠지면 안 된다고 해서 비싼 홍어를 넉넉히 준비했다. 나는 냄새도 맡기 힘들고 한 점도 먹을 수 없어 남은 홍어를 손님들께 모두 싸드렸다.

그렇게 방학 때면 남편 따라 지역을 돌아보는 재미도 쏠쏠했다. 남편과는 주말부부로 휴일이면 집에 왔다. 우리나라 지역을 다 돌았나 싶을 정도에 드디어 해외로 눈을 돌리기 시작했다.

중국 상하이 시장은 무척 넓었다. 남편은 또다시 사업 병이 도져서 중국에서 일을 시작하고 싶어 했다. 해외에서 시작하는 일은 위험부담도 크고, 언어의 장벽을 비롯해 어려움이 컸을 것이다. 그때 나는 내 업무와 승진 문제로 바빴고 모든 일은 각자 스스로 알아서 해결하며 살았다. 그 후 사이판, 베트남 등 남편은 계속 어려운 사업을 이어갔고 나는 나대로 이곳을 지키며 살아갔다. 나는 나무처럼 한 곳에만 머물렀고 남편은 여권의 두께만큼 지구의 많은 곳을 돌고 있었다.

피아니스트의 꿈

큰딸 혜리는 참 고운 아이다. 어릴 때부터 커다란 눈과 갸름한 얼굴로 항상 예쁘다는 칭찬을 받고 살았다. 나와 남편의 장점만 물려받은 듯했다. 어머니는 여섯 살부터 동네 피아노 학원을 보내 주셨다. 어머니는 자신의 딸 역시 피아노 전공과 미국 유학까지 보낸 경험자셨다. 시집가서 알게 된 일인데 시누이는 당시 오하이오주립대학교에서 피아노를 전공하고 있었다. 내가 체르니 레슨을 받고 있다가 그만둔 것은 어쩌면 비교되기 싫은 마음도 한구석 있었을 것이다. 멜로디언으로 피아노 연습하는 딸의 모습을 보고 나는 곧바로 피아노를 사 주었다. 하지만 딸까지 피아노 전공을 시킬 생각은 전혀 없었다.

혜리가 학교에 입학하는 일곱 살부터 같이 살게 되었는데, 아마도 그 시기에 혜리는 환경의 변화를 어렵게 적응하고 있었나 보다. 항상 저만 바라보던 할머니, 할아버지와는 달리 엄마인 나는 동생에게 많은 신경을 쓰고 있었다. 동생과 비교하며 속상했던 기억, 어리다고 넘어간 일도 새삼 어른이 되어 다시 끄집어서 섭섭했다고 말할 때면 나는 난감해진다.

또 수시로 전화하는 시어머니도 한몫을 했다. 아침에 뭘 먹었는지, 오늘은 무슨 반찬을 해 줬는지 일일이 딸에게 묻고 체크했다. 아침밥이 싫다고 라면을 끓여달라고 떼를 써서 라면을 먹은 날이면 영락없이 왜 아침부터 라면을 먹이느냐고 성화셨다.

아마도 칠 년이라는 공백이 메워지기까지 칠 년이라는 시간이 걸렸던 것 같다. 오롯이 내 딸이 되기 위해 비싼 값을 치러야 했다. 나도 엄마가 처음이기에 시행착오를 겪었다. 기대 수준은 높았고 그 기준은 항상 내가 맡은 학생 중 가장 우수한 아이였을 것이다. 딸 아이 눈높이를 알고 맞추기까지 나는 형편없는 부모역을 맡고 있었다. 소리도 지르고 닦달하고 다그치는 일 말이다.

혜리는 섬세하고 감정도 풍부한 아이였다. 혜리가 피아노를 하고 싶다고 말하였을 때는 중학교 2학년 때였다. 초등학교 시절, 피아노를 친 것은 취미로 했고 중학교 입학 후 영어나 수학에 집중하기로 하고 피아노를 그만두었는데, 돌연 피아노를 계속하고 싶다고 한다. 나는 피아노 전공을 위해 뒷받침해 줄 능력도 없다고 생각하였기에 처음엔 완강히 반대했다. 미국 유학을 마친 고모도 교수 자리가 힘들고 해마다 콩쿠르 준비로 애쓰는 모습이 딱해 보였기 때문이다.

대부분은 중·고등학교를 예중, 예고로 이미 선택하고 준비하는 학생들이다. 중2에 시작해서 예고에 들어가기 힘들었다. 할 수 없이 일반고에서 예능반을 지원할 수밖에 없었다. 막상 일반고에서는 공부와 재능 두 가지를 모두 해야 하니 부담인 것은 당연하다. 각종 콩쿠르 대회를 위해 본인의 연습은 물론 부모의 지원도 필요했다.

경험이 없는 나는 부모들과의 네트워크도 없었고, 무엇을 어떻게 지원해야 하는지 문외한이었다. 지금 생각해도 부족한 수험생 학부모였고, 다행히 딸아이의 의지와 주변 식구의 도움으로 무사히 원하는 진로를 선택할 수 있게 되었다.

아쉬운 점이라면 어렵게 공부한 것을 꽃피우기도 전에 결혼과 동시 피

아노 활동을 모두 접었다는 것이다. 지금은 세 아이의 엄마로 바쁜 일상
을 보내지만 언젠가는 다시 예전의 꿈을 펼쳐 보기를 희망해 본다.

사이판 학부모

아이를 키우는 부모들은 말한다. "어쩌면 성격이 저마다 다를까요?"
나 역시 느낀다. 두 딸의 이미지는 닮았으나 성격은 다르다는 것을.

윤하는 어릴 때부터 특이했다. 정리 왕인 언니와는 다르게 장난감을
꺼내면 정리하기 싫어했다. 색연필도 쓰고 나면 다시 알아서 쏙 들어가
는 건 없냐고 나한테 물었다. 할머니가 정리하는 버릇을 길러야 한다며
하루는 정리하지 않은 것은 다 쓰레기통에 버린다고 엄포하였다. 아이가
좋아하는 레고 블럭을 몇 개 휴지통에 버리는 시늉을 하였다. 아이가 울
어야 할 타임에 도리어 자기도 같이 버리는 것이 아닌가. 아무렇지 않은

표정으로. 지금도 그 버릇은 여전하지만, 학교나 회사 같은 밖에서는 절대 그러지 않는다고 우기니 믿을 수밖에.

큰딸의 시행착오를 거울삼아 둘째는 다른 방법으로 접근했다. 자신이 원하는 것을 가능한 한 들어주는 방법으로. 그러다 보니 끝까지 지속해서 하는 것이 적었다. 자녀 교육은 역시 쉽지 않다.

중학교 여름방학 때, 사이판에 사는 사촌 이모가 어학연수 겸 놀러 오라고 초청했다. 여건이 맞는 둘째만 보냈다. 약 6주간 ESL 과정을 마치고 돌아올 무렵이었다. 윤하는 거기서 계속 공부하고 싶다고 했다. 계획에 없던 거라 남편에게 아이를 데려오라고 부탁했는데, 남편은 오히려 학교에 입학시키고, 미션스쿨이라 교복까지 맞춰 주고 기숙사도 알아봐 주고 왔다. 난 참으로 난감했다. 다니던 학교에 가서 수속 절차를 밟고 올 수밖에.

추석 연휴에 짬을 내어, 나도 사이판에 갔다. 우선 아이가 잘 있는지, 학교에 잘 적응하고 있는지 궁금했다. 그곳 학교는 우리와는 다른 형태의 모습이다. 외관부터 살피고 교실 안도 궁금하여 기웃거렸다. 유치원부터 초·중·고 다 있다. 때마침 교무실에서 한 분이 나오더니 나에게 어떻게 왔는지 물었다. 내가 학부모임을 밝히니 내일 이 시간에 다시 오라고 하였다. 나는 고개를 갸우뚱하며 돌아왔다. 그냥 궁금해서 들른 것뿐인데, 굳이 또 오라고 하니 이상했다. 다음 날 학교에 가니, 담당자인 듯한 사람이 교장실로 안내했다. 약 10명의 선생님이 원으로 둥글게 앉아 나를 기다리고 있었다. 각 교과 선생님들을 모두 집합시킨 것이다. 내가 영어를 잘하지 못한다고 하니 통역을 위한 조선족 선생님도 모셔왔다. 교장 선생님은 학생에 대해 전체적인 이야기를 맡고 선생님들은 교과마다 아이의 학습에 대해 상담하기 시작했다. 학교에 대해선 베테랑이라고 생각한 나지만, 이렇게까지 준비할 줄은 몰랐다. 학생이 잘하는 점과 아쉬운 점 등을 조리 있게 설명해 주고 칭찬도 아끼지 않았다.

그동안 학부모 상담 시 대충 대화만 했던 나 자신과 비교되었다. 요즘은 선생님들이 학부모 상담주간을 두고 철저히 준비하여 상담을 진행하고 있지만, 그 당시만 해도 평가자료, 교무수첩 일지 등 객관적 자료를 들고 한 학생에 대해 집중적으로 이야기해 주는 그곳의 학부모 상담은 무척 낯설고 경이로웠다. 본받을 만했다.

그렇게 딸은 중학교 과정을 마치고 돌아왔다. 조그맣던 키가 나만큼 커졌다. 우선 영어에 자신감을 가진 것과 농구도 많이 했다는 딸이 낯설게 느껴질 정도였다.

지금 영어 가르치는 일을 하는 것도, 그 시간이 있었기에 가능하리라 생각한다. 하고 싶은 것을 하게 해주는 일이 중요하다는 것을 새삼 느낀다.

제자 이야기

교사로서 좋은 점을 말하라면 손에 꼽을 만큼 많겠지만 그중에서 제자와의 좋은 인연을 가질 수 있는 것에 감사한다. 특히 초등학생으로 만났다가 어른이 되어 다시 만나는 일은 드라마틱하다.

비교적 어린 나이에 교사를 시작하게 되어 사제 간이라도 불과 십 년의 나이 차이밖에 나지 않았다. 그래서인지 교사의 위엄은 눈을 씻고 봐도 없었다. 그 시절 나는 모든 것을 아이들과 함께 행동하려고 했다. 친구처럼.

아침 시간이나 점심시간에 운동장에서 같이 뛰고 고무줄을 넘었으며, 줄넘기와 공놀이를 하였다. 야산에도 자주 올라가 놀고, 개울 물놀이도 같이했다. 여러 명이 달려들어 나를 물에 빠뜨리며 깔깔거리는 통에 체육 시간에는 수시로 옷이 젖어 늘 갈아입을 옷을 준비해야 했다. 눈이 오면 눈싸움하면서 렌즈도 잃어버렸고, 넘어져 까지기도 했다. 밥도 같이 먹고, 오르간을 치며 노래도 같이 부르고, 수시로 놀이와 게임도 많이 했다.

그 시절 나는 학교 선생님이라는 것이 행복하였다. 한 주일이 끝나는 토요일이면 몇 명의 아이들과 고골 법화골로 넘어가는 남한산성 북문을 자주 올라가곤 했다. 때론 언니처럼, 때론 친구처럼 아이들과 함께하는 시간이 즐거웠다. 일 년을 마칠 때가 되면 아쉬워하며 선물도 준비하고, 문집도 만들곤 했다. 하지만 시행착오도 무척 많았다. 내 딴에는 열심히 하는데 아이들이 그것을 알아주지 않으면 속상해서 울고, 수업이 잘 안되거나 시험성적이 좋지 않아도 울고, 학교관리자가 나무라거나 싫은 소리를 해도 울고 이리저리 참 많이 울기도 했다. 돌이켜보면 미숙하지만 신나게 지냈던 시절, 가슴이 뛰는 시절이다.

제자의 글*

얼마 전에 현이에게서 안 선생님과 김 선생님이 카페를 통해 안부 소식을 전해왔다는 말을 듣고 참 감사했다. 현이 말대로 우리가 먼저 찾는 게 순서인데 말이다.

나는 K국민학교를 5학년까지 다니고 전학을 갔기 때문에 안 선생님과 같은 반을 한 적은 없지만, 선생님에 대한 풋풋한 추억이 하나 있다. 아마 4학년 때로 기억한다. 일주일에 한 번 특별활동반 시간이 있었다. 그때 나는 미술반이었고 안 선생님이 지도교사였던 걸로 기억된다.

그날은 찰흙 만들기 시간이었는데 선생님께서 아이들 만드는 거 둘러보며 지도해 주시는 중에 내 작품을 보시더니 칭찬을 많이 해주셨다. 아마도 재능이 있다고 여기셨나 보다. 그런데 다 완성되기 전에 수업 끝나는 종이 울려서 마무리를 다 못해서 아쉬워하고 있는데 선생님께서 방과 후 좀 늦더라도 다 완성해서 "선생님한테 가져왔으면 좋겠다."라고 말씀하시는 거야. 어린 맘에 선생님께 더 칭찬받고 싶어서 아주 열심히 완성을 했지. 완성한 미술 작품을 들고 선생님 반을 찾아갔지만, 선생님은 안

계시고 남아서 청소하는 애들만 있는 거야. 그래서 나는 교무실로 향했지.

그런데 문 유리창으로 교무실 안을 보니까 교장 선생님을 비롯한 모든 선생님이 모여서 진지한 분위기 속에서 회의하는 거야. 어떻게 해야 하나 한참 망설이다가 노크를 하고 문을 활짝 열어젖혔지. 순간 모든 선생님이 교무회의를 하시다가 나를 쳐다보시는 거야.

놀란 나는 기어들어 가는 목소리로 "저…… . 선생님! 이거 다 만들면 가져오라 해서요."라고 말했더니 조용하고 진지했던 교무실 분위기는 여기저기서 ㅋㅋ 하며 선생님들의 웃음소리가 들리고, 안 선생님은 당황한 표정으로 나를 데리고 황급히 밖으로 나오셨어. 나는 '내가 선생님을 곤란하게 만들었구나!'하고 잘못한 애처럼 고개 숙이고 있었는데 선생님은 별다른 말씀 없이 작품을 건네받으시고 아주 잘 만들었다며 칭찬해 주시고는 나를 돌려보내셨어. 나는 어린 마음에 칭찬해 주는 선생님이 얼마나 좋았던지…….

지금 생각해 보면 선생님이야 당연히 기억 못 하시겠지만 그리 큰 사건도 아닌데 30년이 지난 지금까지도 그 일이 기억나는 거 보면 참 이상하다.

 아이들한테 칭찬만큼 좋은 교육이 없구나, 우리 집 아이들한테도 칭찬
많이 해줘야겠다는 생각이 든다.

 그리고 궁금한 건 그렇게 오랜 세월이 흘렀는데도 선생님들이 제자 기
억하시는 거 보면 참 도저히 이해 불가! 그동안 가르치신 제자가 천 명도
넘을 텐데……. 우리를 기억하신다는 말씀에 깜짝 놀랐다. 안현진 선생
님! 30년 전에 저를 칭찬해 주셨던 그 인자하신 모습 여전하시죠? 사랑
하고 축복합니다. 건강하세요.

 * 졸업생 카페에 올린 김영관(39년 전 제자)의 글을 옮겨본다.

다시 만난 제자들

교사 생활 십 년이 지나면서 점차 익숙하고 세련된 교사로 자리를 잡아갔다. 이미 내 안에 우리 가정과 내 자식이 가득 차 있어 예전처럼 제자에게 모든 것을 내어 줄 부분은 많이 줄어들기도 했다. 아쉽지만 나도 직장인 교사가 되어 버렸다. 보이지 않는 선을 그었다. 그래서인지 나를 찾는 제자는 그 선 안에 있던 시절만 존재한다. 시행착오도 많았고 서툴렀지만 순수한 사제의 정을 간직할 수 있었던 시절 말이다.

첫 발령지 하남(옛 지명은 광주군)을 떠나 안양에서 새롭게 보금자리를 꾸미고 살다가 지역 만기로 다시 돌아오게 되었다. 그리고 나도 어느새 40

대가 되었다. 하남은 더 이상 예전 모습이 아니었다. 지역명도 광주군이 아닌 하남시가 되었고, 밭고랑이나 늪지대는 어느새 높은 아파트와 새로운 학교로 자리를 잡았다. 농사짓던 부모들은 큰아들에게는 논을, 작은 아들에겐 밭뙈기를 물려주었는데, 그 밭뙈기가 돈벼락 땅이 되었다. 당시 땅값이 가장 많이 오른 지역으로 꼽혔다.

내 근무지는 예전에 있었던 학교와 근접한 곳으로 학교 설립 시 우리 학교 학생 대부분을 보냈던 곳이다. 이제는 학교 규모도 크고 지역의 중심이 되는 곳으로 자리 잡고 있었다. 10년이면 강산이 변한다는데, 20년이 지났으니 변하는 건 당연하겠지만 내 머릿속에는 예전의 추억이 아직도 가득했다.

달라진 것은 물리적 환경이 다가 아니었다. 20년은 초등학생 아이를 멋진 지성인으로 변화시키는 세월이기도 하다. 하남에서 정착한 나는 놀라운 만남을 갖게 되었다.

은행 창구에서 만난 아가씨가 갑자기 달려 나오더니 내 손을 잡아 흔든다. 10살짜리 꼬마는 어느새 멋진 숙녀, 은행원이 되어 있었다. 한번은 헬스장에서 등록하고 담당 트레이너를 만났는데 체격이 아주 좋은 그는 바로 예전 제자였다. 좀 쑥스럽지만 정성 어린 지도를 받을 수 있었다. 제자였던 인연은 시청 공무원, 태권도 사범, 전통시장 상인, 전도사, 회사원, 꽃집 사장님 등 새로운 만남으로 이어졌다. 심지어 멋쩍게도 산부인과 간호사로도 만났고, 교육청 주무관으로도 보게 되었다. 가장 획기적인 일은 신규교사로 같이 근무하게 된 제자였다. 처음에는 서로 몰라보았는데, 이야기하다 알게 되었고 마침 예전에 찍었던 공개수업 장면 사진이 떠올라 옛 앨범에서 찾아 핸드폰에 다시 찍어 보내주기도 했다.

내가 돌아왔다는 소문이 퍼지고 시청에 근무하던 제자가 연락처를 모아 동창회를 연다고 연락이 왔다. 가슴 떨린 만남을 기대하며 졸업 앨범을 들고 나갔다. 나는 40대, 그들은 30대였다. 얼굴만 봐도 바로 알 수 있는 사람도 있었고, 이름과 얼굴을 대조해야만 알아볼 사람도 있었다. 변화하기도 했지만, 자세히 보면 예전 모습이 없는 것도 아니다. 우리는 저마다 옛 추억의 이야기를 꺼내며 서로의 근황도 묻고 앞으로의 이야기도 나누며 즐거운 식사를 마쳤다.

나보고 아직도 젊다고 놀라다가 자기들보다 나이 차이가 크게 나지 않는 것을 알고 더 놀란다. 10살의 어린이가 본 선생님은 아주 큰 어른으로 비쳤을 것이다.

그 후 청첩장이 오면 난 기쁘게 축하해 주고 온다. 가끔 밥 먹자는 연락이 오기도 한다. 한 제자는 멀리 캐나다에 이민 가서 살고 있는데, 내 소식을 궁금해 하고 있던 차에 연락이 닿아 학교로 찾아오기도 했다. 우리는 자주 본 것 양 할 이야기도 참 많았다.

옛 제자와의 만남은 감동적이다. 추억을 같이했고, 그들의 생각 한 편에 내가 존재한다는 것이 참 뿌듯했다. 돌아오는 길에 교사하기를 잘했다고 생각했다.

꽃들에게 희망을

어느덧 교직 경력 20년이 되어 뒤늦은 부장 교사를 하게 되었다. 학교 내에서는 선배와 후배가 적절히 있는 중간 입장이다. 동 학년 중심의 인간관계도 살피고 업무에 대한 처리와 추구하는 교육의 방향도 잡아 교육 과정 설계 등 중견 교사의 역할을 하게 되었다.

2000년대에 들어서면서 명예퇴직의 바람이 불고 남교사 위주의 관리자 자리는 여교사에게도 관심거리로 인식이 변화되기 시작했다.

교직에서 승진이라면 교장, 교감의 관리자뿐이다. 물론 장학사나 연구

사처럼 전문직도 있지만 결국은 관리자가 아니면 나이가 많건 적건 동료 교사일 뿐이다. 어차피 학교라는 관직에서 끝까지 있으려면 승진의 문턱을 무시할 수는 없다고 생각했다. 동기들의 부추김도 한몫을 했고, 가산점에 관심을 기울이기 시작했다.

하남이라는 도시는 서울과 경계가 맞닿아 있는 접경지역으로 서울에서 출퇴근하기에 적합한 지역이다. 가산점에 필수요소인 농어촌점수가 크게 자리 잡고 있는데 나는 그 점수가 0점이었다. 그동안 운 좋게도 접근성 좋은 학교에만 근무한 탓이다. 로테이션으로 광주지역 내신을 냈고 중부고속도로로 한 시간 남짓한 거리를 출퇴근하게 되었다.

농어촌지역은 생각보다 더 치열한 곳이었다. 비슷한 관심과 목표로 서로를 견제하는 분위기가 강했다. 업무의 강도도 컸다. 개인적으로 야간 교육대학원 석사과정도 마치고, 교육부 지정 연구학교(2년)도 맡아 운영했다. 해마다 수업 실기대회, 학급경영 실천사례, 독서 실천사례 등 계획을 세우고 연구보고서를 준비하는 일은 스트레스 온상이었다. 직무 연수, 심화 연수, 정보 소양 연수, 영재교육, 특수학급 운영 등 시대에 따라 변화하는 각종 연수를 수료했고, 주말에는 청소년 아람단 지도교사로 체험학습을 계획 운영하고, 학기 중에도 도시와 농촌 교류 체험학습, 교과

특성화학교 운영 등 온갖 일을 하였다. 지금 생각해 보면 소같이 일했던 시기다. 이즈음부터 나는 집에서 아침 일찍 출근하고 저녁 9-10시경이 되어서야 퇴근했다. 점차 몸과 마음이 시들어갔다. 급기야 정형외과, 한의원 등을 찾아 물리치료도 받고 집에서는 짜증만 냈다. 다람쥐 쳇바퀴 돌 듯이 바쁘기만 한 일상.

그러다 내 10년 후 모습을 상상하게 되었다. 10년 선배의 모습을 보며 나를 오버랩시켰다. 과연 행복할까? 그즈음에 다시 읽은 책이 《꽃들에게 희망을》이다. 애벌레처럼 무엇을 위해 올라가려고 발버둥 치는 걸까? 보이지 않는 공허한 벌레 기둥을 그냥 밟고 올라가는 것은 아닐까? 과연 가치 있는 일인가?

> 무척 바삐 기어가고 있는 애벌레 떼를 보았습니다. 그들이 어디로 가고 있는지 궁금해서 주의를 둘러보니, 하늘로 점점 치솟고 있는 커다란 기둥이 보였습니다. 호랑 애벌레는 그들 틈에 끼어들었고, 놀라운 사실을 알게 되었습니다. 그 기둥은 꿈틀거리며 서로 밀고 올라가는 애벌레 더미, 말하자면 애벌레 기둥이었습니다.
> 애벌레들은 꼭대기에 오르려고 기를 쓰는 것 같았습니다. 그러나 꼭대기는 구름에 가려 있어서, 그곳에 무엇이 있는지 호랑 애벌레는 알 수가 없었습니다. 호랑 애벌레는 새봄에 물이 오르는 것처럼 새로운 흥분을 느꼈습니다.
> "그래, 어쩌면 내가 찾으려는 것이 저곳에 있을지도 몰라."

산더미 같은 애벌레들 틈에 들어간 뒤 처음 얼마 동안은 충격에서 헤어날 수가 없었습니다. 호랑 애벌레는 사방에서 떠밀리고 차이고 밟혔습니다. 밟고 올라가느냐, 아니면 발밑에 깔리느냐…….

호랑 애벌레는 밟고 올라섰습니다. 이런 상황에서 애벌레들은 더 이상 친구가 아니었습니다. 이제 그들은 위협과 장애물일 뿐이었습니다. 호랑 애벌레는 그 장애물을 디딤돌로 삼고, 위협을 기회로 바꾸었습니다. 오로지 남들 딛고 올라서야 한다는 생각이 참으로 큰 도움이 되었고, 호랑 애벌레는 점점 더 높은 곳으로 올라가고 있는 듯한 기분을 느꼈습니다. 하지만 어떤 날은 제자리를 지키는 것만도 힘겨웠습니다. 그럴 때면 특히 불안의 어두운 그림자가 호랑 애벌레의 마음을 괴롭혔습니다.

"꼭대기에는 뭐가 있지? 우리는 어디로 가고 있는 거지?"

(……)

"저 위에 무엇이 있는지는 모르지만, 이런 짓을 하면서까지 올라갈 가치는 없어."

"그때까지만 해도 내가 이런 생활을 얼마나 싫어하는지 몰랐어. 하지만 지금 나를 바라보는 너의 다정한 눈길을 보고, 내가 이 생활을 좋아하지 않는다는 걸 확실히 깨닫게 됐어."

그들은 깨달았습니다. 꼭대기에 오르는 것이 그들의 가장 간절한 소망은 아니라는 것을.

-《꽃들에게 희망을》, 트리나 폴러스, 시공주니어. 발췌문(p.12-39)

6년 만에 농어촌 근무를 접고 다시 하남으로 올라왔다. 딸들은 입시 공부에 바빴고, 남편은 새로운 사업으로 각자 모두 바쁜 일상이었다.

10년간 참 열심히 살아왔다고 자신을 쓰다듬어 주었다. 주변에서는 그동안 해온 것이 아깝지 않냐며 조언도 보탰지만, 내가 한 업적만으로도 보람을 느꼈고, 아쉬울 것도 없었다. 새로운 꿈이 생겼다. 퇴직하고 진정으로 하고 싶은 일을 조금씩 준비하자! 나를 위해서.

집에서 가장 가까운 학교로 내신을 내고, 난 처음처럼 다시 홀가분하게 살기로 했다. 그렇다고 하던 일이 줄어든 건 없다. 예전에 했던 이력이 그대로 인수인계되어 여전히 바빴다. 그러나 마음은 편안했다. 내 옷을 다시 찾아 입은 것처럼.

독서록 사랑 20년

내가 독서록을 쓰기 시작한 것은 1995년경이다.

"어머, 저도 책을 빌릴 수 있나요? 몇 권? 일주일간 7권이나요?"
　우연히 이동도서관을 만난 건 행운이었다. 간단한 절차를 거쳐 바로 7권이나 책을 빌릴 수 있었다. 그것도 무료로.

　그 시절 지역도서관은 그리 많지 않았고 도서관에 가볼 기회가 없었다. 책은 사 보거나 가끔 동네 책 대여점에서 빌려 읽곤 했다. 멀리 떨어진 지역에서는 시간별로 도서관 버스가 다녔는데, 그 정보를 몰랐다.

문제는 빠르게 책을 대출하는 일이다. 서점에서 꼼꼼히 책을 골랐던 경험과는 다르게, 줄을 서 있다가 초스피드로 책을 고르는 일은 나에게 버거웠다. 어떨 때는 빌렸던 책을 모르고 또 빌려오기도 했다. 책 표지가 그럴듯했나 보다.

부담 없이 많은 책을 읽을 수 있어 행운인데, 이러다간 소화불량에 걸릴 것 같았다. 책을 꼭꼭 씹어 먹거나 나만의 소화법을 개발해야 했다. 그래서 쓰기 시작한 것이 독서록이다. 먼저 두툼한 대학노트를 사서 한 페이지씩 나만의 기록물을 만들었다. 독서록은 책을 완독한 후 쓰기로 정했고, 책 제목, 작가명, 출판사, 읽은 날짜 등을 쓰고, 줄거리나 느낌을 기록했다. 제목은 크게 두 줄에 걸쳐 눈에 띄게 색연필도 사용하고, 글씨는 또박또박 깔끔하게 정리해 나갔다. 얼추 한 권을 쓰는 데는 1년 걸렸다. 다시 두 번째 공책을 준비했다. 이번에는 앞에 차례를 만들었다. 책제목과 작가 표시로 구분만 해 두어도 찾아보기가 수월했다. 중요하다고 생각되는 내용은 가끔 복사해서 붙이기도 했다. 책 표지도 스티커처럼 출력하여 붙였다. 독서록 쓰기가 점차 익숙해지니 식사 후 이 닦기를 하듯, 안 하면 꺼림칙한 느낌이 들었다.

이사를 해도 주변에 도서관이 어디 있는지 먼저 관심이 갔고, 점차 도서관에 들러 책 고르는 일이 일상이 되었다. 도서관 회원증은 점차 늘어났다. 퇴근 바로 전에 인터넷에서 책 검색을 하고 도서관을 찾는다. 어느 날은 좋아하는 작가의 책을 모아 읽기도 하고, 어떤 날은 같은 내용을 다른 책으로 비교하며 읽기도 했다. 독서록은 10권이 넘어갔고, 그렇게 20년이 이어졌다.

서고 칸칸에 어떤 책이 있는지 어느 정도 꿰고 있을 무렵, 혼자만의 독서법보다 소통하는 독서가 필요하다고 생각하게 되었다. 나 혼자 읽는 것도 좋지만 함께 읽기가 힘이 세다는 것을 경험하였다. 책을 읽고 토론하는 재미도 느꼈고, 작가의 꿈도 꾸게 되었다. 난 블로그를 개설하고, 조금씩 컴퓨터로 독서 활동을 옮기기 시작했다. 쓰고 붙이고 애정을 쏟은 것만은 못하지만, 시류를 따르기로 했다.

이제는 공책에 쓰는 독서록은 쉬고 있다. 아직도 가끔 독서 공책을 들춰볼 때가 있다. 믿지 못하겠지만 그 시절은 독서록을 쓰기 위해 책을 읽기도 했다. 독서록 사랑 20년, 이 공책들은 내 보물이 되었다.

문학과 친구하기*

내가 정기적으로 자주 가는 곳은 동네 도서관이다. 다행히 우리 집 주변에는 도서관이 많은 편이다. 직장 일을 마치고 퇴근하는 길에 한 바퀴 순회하는 기분으로 도서관을 찾곤 한다. 빽빽이 꽂힌 서가에 서서 책을 고르는 재미는 백화점 쇼핑보다 훨씬 짜릿하다.

내가 책을 언제부터 좋아했는지는 잘 모르겠다. 어린 시절에는 할머니 무릎 베고 누워 옛날이야기를 자주 들었다. 어린 동생 덕에 난 일찍이 할머니 차지가 되었다. 그때 호랑이 이야기, 도깨비 이야기 등 예로부터 전해지는 이야기를 들으며 잠들곤 하였다. 우리 할머니는 꽤 멋진 이야기꾼이었던 것 같다. 동네 친구분들이나 이모할머니들도 우리 할머니 이야기를 무척 재미있게 청해 듣곤 했었다. 같이 영화 구경을 마치고도 할머니께서 줄거리를 다시 정리하여 이야기해 주면 또 다른 재미가 느껴졌다. 어려서 할머니를 통해 들은 이야기들은 학창 시절에 고전문학이나 역사소설에서 나 스스로 재조명하며 자신감을 느끼기에 충분했다.

어린 시절에는 누구나 그렇듯이 꿈 많은 소녀였다. 그러나 현실은 그리 녹록지 않았다. 아버지가 돌아가시고 어려운 형편에 놓이면서 다락방 소공녀가 되어 가난을 견디고 멋진 왕자님이 마술에 걸린 공주를 구해내는 이야기를 꿈꾸기도 했다. 수줍고 자기표현에 소극적인 나는, 《작은 아씨들》, 《알프스의 소녀》를 읽으며 대리 만족을 느꼈고 학교 도서부에 들어가 책과 친구하는 시간을 늘려갔다. 어느덧 직장생활로 접어들어서는 한동안 책을 멀리한 적도 있다. 결혼 후 바쁜 가사와 육아를 어느 정도 벗어나고서야 다시 책을 찾게 되었다. 그때부터 비로소 적극적인 독서 습관을 갖게 되었다.

문학을 사상이나 감정을 언어로 표현한 예술이라고 일컫는다. 살아가면서 겪는 수많은 일을 수다로 풀기도 하고 글로도 표현한다. 같은 일을 겪고도 서로 다른 감정과 느낌을 체험하며 발견하고 기억한다. 내가 말로 다 풀지 못하는 것들을 어떤 이는 또 다른 생각과 느낌으로 표현하고 있다. 인생살이가 사람들의 생김새처럼 다양하여 저마다의 삶을 책으로 쓰면 몇 권씩 된다고 말들 하지만, 모두가 작가는 아니다. 옷을 만드는 사람과 옷을 골라 입는 사람이 있듯이, 요리를 맛있게 하는 사람과 그 요리를 취향에 맞게 사 먹는 사람이 있듯이, 우리는 각자 취향에 맞는 문학을 즐기면 된다. 어느 날은 시집을, 어느 날은 수필을, 어느 날은 소설을 골라 읽으며 영화나 뮤지컬을 즐기는 것도 나쁘지 않다.

문학은 우리의 삶을 풍성하게 해준다. 내가 겪지 못한 생각이나 행동을 간접적으로 체험하게 해주며, 때론 문학작품 하나에 감동의 물결을 느끼며 몰입하게도 한다.

문학은 사랑이며 삶의 즐거운 행위다. 정신적 교감과 지성을 만족시켜 주며 자신을 소중하게 생각하도록 돕는다. 나의 능력을 재발견하는 기회도 제공해 주고 자신감도 북돋아 주며, 새로운 길도 열어 준다.

문학은 철학이다. 논리 중심주의의 오만을 벗고 겸손하고 애정 어린 삶의 구도자적 자세를 배우게 한다. 어떨 때는 내가 가진 것이 너무 많은 게 아닌가 할 만큼 부자가 되기도 하고 자신의 부끄러움과 염치를 들여다보게도 한다.

　문학은 힘이 있다. 그릇된 성격을 남의 설득으로는 어림도 없겠지만 문학을 통해 스스로 자신을 들여다보며 고치려고 노력하는 사람이 되게 한다. 어떤 책을 통해서는 굉장한 애국심이 샘솟고, 어떤 책은 의협심을 부르게 한다. 마음을 변화시키고 꿈을 갖게 하며 힘을 실어 준다. 이 얼마나 멋진 일인가!

　어떤 사람은 공부가 가장 쉽다고 하였던가? 많은 학생이 어이없어하였지만, 텍스트를 이해하고 학습하는 과정이 삶의 무게보다 어렵지 않다는 뜻에서 말한 것일 것이다. 나에게 "인생이 어려운가?" 질문한다면 뭐라고 답할까? 어떤 이는 천근 무게만큼 무겁다고 할 테고 어떤 이는 별거 아니라고 할 테지만, 대부분 긍정적으로 즐겁고 행복하다는 느낌을 더 많이 가지면 그리 고달픈 인생이라고 느끼지 않을 것이다. 완전한 인간이란 상처받지 않은 인간이 아니라 상처를 딛고 일어서는 자유를 지닌 인간이다. 그렇기에 모든 것은 마음먹기 나름이다.

　나는 문학을 친한 친구로 여기려 한다. 삶이 무료할 때나 버거울 때 친구처럼 위로받고 싶고, 중심을 잡지 못할 때 따끔한 충고를 들을 수 있고, 어디론가 멀리 떠나고 싶을 때 지구 반대쪽 사람들과 소통하는 창구가 되고, 몇백 년 몇천 년 전의 조상이나 미래의 세상도 상상할 수 있는 그런 문학.

혹시 문학이 뭐 말라비틀어진 것이냐고 하는 사람이 있다면 어느 날 꽃봉오리가 '툭!'하고 터지듯이 자신에게 어느 순간 맛있고 재미있는 책 읽는 기쁨이 다가올 때 비로소 책이 친구가 되고 취미가 되고 생활이 되는 것이라고 말하고 싶다. 운명처럼.

어제와 오늘은 다르다. 어제의 불행을 바꿀 수는 없지만, 오늘의 행복은 나의 선택이다. 나는 내 삶의 주인이기를 갈망한다. 그 지침이 문학이다. 문학은 어려운 것이 아니라 친구가 되어야 한다. 평소 거울 보듯이 문학과 친해져야 한다. 느낌과 감성이 고스란히 나의 주파수에 맞추어진 듯 그런 책을 찾으며 오늘도 난 도서관 서가에 서 보려 한다.

* 계간《인간과문학》제4호. 2013 겨울호 수록

우리들의 수학여행

"어머! 오랜만이다, 얘~"
"너 이뻐졌다 야~"
"뭐가 달라진 것 같은데?"
"집은 어떻게 하구 왔어? 곰국 끓여 놓구 왔어?"

 시끌벅적 비슷한 또래 중년들이 그것도 남녀 섞인 이삼십 명이 모여 공항 한자리를 차지하고 있다. 단연코 눈길을 끈다. 그렇게 우리는 여행을 떠난다. 가족들이 불편하지 않게 성심성의껏 채비 잘해 놓고 일주일의 시간을 얻어 수학여행을 나선다.

수학여행?

'수학여행이라면 학창 시절에 다니는 현장학습 아니야?' 하는 생각이 들 것이다. 하지만 아직도 나는 2년에 한 번씩 수학여행을 떠난다. 긴 세월을 나는 학교에 나가고 있다. 학교에 다니고 있는 한 우리의 여행을 수학여행이라 이름 붙여도 괜찮지 않을까?

대학 동기생들과 함께하는 이 여행은 우리의 추억을 쌓는 조금 특별한 여행이다. 2007년 태국 여행을 시작으로 최근 2019년 러시아 여행까지 일곱 차례 다녀왔다. 어느 해인지 달러 환율이 턱없이 오를 때라 그때는 국내 여행으로 돌렸지만, 꼬박꼬박 진행해온 것이 벌써 햇수로 15년이 되었다.

이 여행으로 나는 다양한 친구를 만난다. 20대에 만나 같은 캠퍼스를 누볐던 우리는 어언 60을 넘긴 나이가 되었다. 그사이 몇 번 만나지 않은 친구도 있고 몇십 년을 건너뛴 만남도 있다. 교육대학 동기들이라 직업이 같고 이리저리 만날 기회도 있었지만, 여행에서의 만남은 훨씬 새롭다.

2000년대 초, 졸업 후 20년 차 모임에서 동문 체육대회를 주관하던 우리는 문화탐방 연수를 진행해 보면 어떨까 이야기를 나누던 중 이 수학여행을 기획하게 되었다. 대부분 가정에서 자녀 육아와 교육의 과제로부터 조금 벗어나 있는 상태였고, 경제적으로도 살짝 숨 돌릴 여유가 생겼던 시기였다.

우선 이런 모임이 가능했던 것은 적재적소에 인적자원이 있었기 때문이다. 학창 시절부터 리더십이 뛰어난 회장은 '한 번 회장은 영원한 회장'임을 보여 주었다. 불가능을 가능하게 하고, 다양한 의견을 한 곳으로 집중시키는 탁월한 능력자였다. 다음 총무, 그 친구는 훌륭한 참모였다. 300여 명의 동기생 연락처를 모으고, 카페를 창설하고, 활동하는 조직체를 만들었다. 그다음 여행가로서 최고봉을 찍는 여행단장이 있다. 이 친구는 여행지를 탐방하고 계획하는 우리의 가이드였다. 이 외에 분위기를 띄우는 오락부장, 소품을 담당하고 세심하게 준비하는 친구들, 여행의 매 순간을 기록하게 하는 사진작가, 여행 중 입을 즐겁게 간식을 챙기는 총무까지 저마다 역할을 해주는 친구들이 있다. 7080 통기타 세대로 대학가요제 등 신나는 노래를 함께 흥얼거릴 수도 있고, 노래방 기계에 의존하지 않아도 그 시절 불렀던 노래 가사가 술술 불리는 것도 친구들의 힘이 아닐까?

여행 안내와 신청 카톡이 뜨면 우리의 손은 바빠진다. 무조건 선착순으로 20명, 보통 친구 몇 명과의 약속도 날짜 맞추기 쉽지 않은데, 신청 마감은 하루 만에 끝! 거기에는 고정 멤버도 있고, 시간과 형편이 맞아 참가하게 되는 새로운 친구도 있다. 재미있는 것은 부부 동기생도 있다. 이 부부는 우리에게 아주 필요한 존재다. 방 짝꿍을 정할 때 성별이 맞지 않으면 이들은 찢어져야 하고, 맞으면 한방을 준다. 요즘엔 부부보다 친구가 좋다고 찢어 달라고 졸라도 우린 끄떡 안 한다. 초창기보다 점점 여행 인원이 느는 추세다. 어쩌다 보니 30명이 넘어 버렸다.

이 여행은 중독성이 있다. 한 번 참석하면 웬만해선 포기하지 않는다. 그 이유는 뭘까? 가족여행보다 홀가분하다. 누구를 챙기는 일보다 자신의 자유로움을 충분히 만끽할 수 있다. 일반 패키지여행보다 친밀하다. 모두가 친한 친구 사이로 서로 도와주고 배려한다. 직장인 여행보다 편하다. 상하 구분이 없다. 연대와 직업이 같아 말도 잘 통하고 몇십 년 만에 처음 만나도 몇 분 내로 말을 저절로 놓게 된다.

우리의 원칙은 세 가지! 첫째, 서로 말놓기. 둘째, 직급 부르지 않기. 셋째, 배우자나 사식 사랑하지 않기. 이 세 가지를 어기면 총무에게 벌금 10만원을 부과해야 한다. 벌금만큼 확실한 효과가 또 있을까? 이것은 공항에서 낯설고 어색한 사이를 금방 친밀하게 만드는 필수조건이 된다. 우리의 수학여행은 해를 거듭할수록 세련되게 틀을 잡아갔다.

여행이 활력소가 된다는 것은 많은 사람이 동의할 것이다. 여행은 배움이다, 고통의 시험이다, 본능이다, 타인과의 만남이다, 내가 누구인지 잊어버리기 위해 떠나는 것이다 등 수많은 정의를 내리지만 나에게 있어 여행은 추억을 만드는 것이다. 마음에 맞는 친구들과 많이 웃고 이야기하며, 새로운 것에 도전하고, 시간을 초월해 각자의 여행 경험을 만들고 온다. 어떤 이는 앨범을 만들고, 어떤 이는 시를 쓰고, 또 어떤 이는 그림을 그린다. 여행담을 쓰고, 블로그에 올리고, 저마다 우정의 추억을 퍼 담는다.

가장 인상 깊은 활동은 여행 후 후속 모임이다. 결산하는 것이 주목적이기도 하지만 사진작가로부터 멋진 여행 동영상을 선물 받고 감상하는 시간은 우리 모두 행복한 제2의 보너스 여행이 되기도 한다. 맛있는 식사와 추억의 사건을 안주 삼아 하하 호호 신나게 떠들며 다음 여행 계획을 의논한다.

앞으로 한 번의 수학여행을 남겨놓고 있다. 우리의 조금 특별한 여행이 더 유지되기를 바라지만, 이제 정년퇴임을 바라보는 나이여서 기회는 한 번뿐이다. 그동안 건강하게 잘 지내고 또 보자는 인사를 남기며 헤어졌다. 수학여행이 있는 한, 우리는 더 젊어지는 것 같다. 풋풋한 이십 대 친구의 모습이 어느새 머리가 허옇고 얼굴에 주름지고 풍만한 배를 가진 모습으로 변했지만 서로의 젊은 모습을 기억하고 있는 한, 우리는 여전히 젊다.

제5장

보랏빛 미래를 꿈꾸며

터닝포인트, 학습연구년

2012년은 나에게 특별한 해다. 30년을 넘도록 학교와 집만 왕복하던 내가 다른 일상을 맞닥뜨리게 된다. 바로 학습연구년을 갖는 행운을 얻었다. 안식년과 비슷한 개념이다.

교육부에서는 교원능력개발평가를 도입하면서 상벌의 개념으로 학습연구년의 포상을 마련했다. 연구비도 지급하는 유급휴가였다. 교사들에게는 희소식이 아닐 수 없다. 비율이 센 편이었지만 내가 쓴 연구 계획서가 다행히 통과되었다.

모처럼 나를 위한 연구 계획서는 술술 잘 써졌다. 30쪽 넘는 분량도 쉽게 끝냈고, 새로운 계획에 마음은 풍선처럼 둥둥 떠다녔다. 책 읽고 쓰기에 관심을 가졌던 것이 그대로 반영되었고, 문학에 입문할 준비를 다지고 있었다.

나름대로 원칙을 세웠다. 1년은 오롯이 나를 위해 쓸 것, 하고 싶은 일을 마음껏 할 것, 학교를 잊고 새로운 일에 도전할 것 등이다.

같은 학습연구년 동기 중엔 대학에서 위탁연수를 하는 사람도 많았으나, 나는 나 홀로 계획을 세워 진행하기로 했다. 우선 가까운 도서관에서 문화 강좌를 검색해 보았다. 오전 시간에 할 수 있는 일은 참 많다. 우선 도서관에서 매주 하는 문학 강의를 하나 선택했고, 사이버대학에서 문예창작과 과정을 2-3개 신청했다. 건강을 위해 수영, 요가, 헬스를 요일별로 등록하는 것도 빼놓지 않았다. 공부와 운동, 취미와 적성, 시간 안배 등 모두 세심한 계획이 필요하다. 소속감이 없는 자유인이라는 것이 실감 났다.

다행히 연구년을 함께하는 친구가 가까이에 한 명 있었다. 그 친구는 음악 관련이다. 우리는 음악과 문학이 잘 어울린다고 좋아했고, 뮤지컬,

오페라, 연극 등의 공연도 함께 다녔다.

도서관에서 운영하는 '아침문학'을 만난 것은 참 행운이었다. 이미 7년째 운영되어 온 문학 모임인데, 어르신 중에는 시인, 수필가로 등단하고 활동하는 분이 많았다. 시인이며 문학평론가인 지도 교수님도 훌륭하시고 문학회 분위기도 참 좋았다. 나는 어렵지 않게 잘 어울렸고 만족스러웠다.

매주 모임은 교수님의 강의와 회원들이 써 온 글을 합평하는 시간으로 이어졌다. 나는 빠짐없이 참가하고 다른 사람의 작품을 살폈다. 자신만만했던 글쓰기는 생각보다 쉽지 않았다. 잘 쓸 수 있을 것 같았지만 생각으로만 맴돌 뿐, 표현되지 않는 안타까움은 나를 애끓게 했다. 문학은 겸손해야 한다. 나는 석 달이 되어서야 글 한 편을 겨우 완성했다. 글의 호흡이 긴 편이라 수필이 어울린다는 평처럼 나는 시보다 수필 입문을 시작했다.

한쪽 문이 닫히면 새로운 문이 열린다. 우물 안 개구리처럼 살았던 나는 바깥세상이 너무 재미있다. 아는 분 소개로 문학기행 팀을 알게 되었다. '사색의향기'는 매주 토요일마다 문학기행, 테마여행, 도보여행, 산

악회 등 취향에 맞게 골라 선택할 수 있다. 나는 한 달에 2번 정도 참석했는데, 제주도를 비롯해 전국 문학기행을 두루 다닐 수 있었다. 최소한의 회비로 좋은 프로그램에 동참할 수 있어 감사하다. 그 시절을 사진과 글로 기록을 남기고 추억으로 되새김하고 있다.

관심은 곧 기회다. 평소 알지 못했던 기회는 널려 있었다. 각종 영화시사회, 작가와의 만남, 북 콘서트, 영화예술제 등 마음만 먹으면 모든 것이 가능했다. 나는 일 년간 42회 예술 공연을 보았다. 수많은 작가를 만났고, 그들의 강의를 들었으며, 다양한 체험을 몸으로 부딪쳤다. 부산국제영화제를 보러 겁 없이 부산까지 장거리 운전을 하기도 했다. 결과보고서를 작성하며 감개무량했다.

일 년은 쏜 화살처럼 지나갔다. 백수가 과로한다는 말처럼 참 바쁜 일상이었다. 하지만 피로보다는 활력이 넘쳤다. 자기 주도적인 일은 스트레스도 피해가나 보다. 딸들은 내가 많이 웃고 있다고 했다.

학습연구년은 내 인생의 터닝포인트다. 퇴직 후 할 일을 계획하게 해준 희망이자 보험이며 소중한 추억이다. 막연한 미래에 뿌린 씨앗이다. 교직 생활로 다시 돌아가는 발걸음이 한결 가볍다.

사고는 한순간에

 딸 상견례를 마쳤다. 좋은 분위기에서 즐거운 만남을 갖고 돌아오는 길이다. 모처럼 자동차 안에는 성인 5명이 꽉 차게 앉아 있었다. 남편이 운전하고 시어머니는 조수석에, 나와 딸들은 뒷좌석에 앉아 있었다. 갑자기 "쾅"하고 뭔가 큰 울림이 있었다. 버스가 나를 들이받고 있었다. 나는 그 충격에 오른쪽으로 쏠리다가 다시 왼쪽으로 몸이 출렁이며 몸에선 '뚝' 소리가 나는 듯했다. 사고였다!

 자동차는 종이처럼 구겨졌고 모두 밖으로 나가고 있는데 나는 꼼짝도 할 수 없었다. 의식은 멀쩡했다. 얼마 후 구급차가 와서 나를 가까운 종합병원으로 옮겼다. 보기만 했던 '삐오삐오' 차를 처음 타 본다. 생각보다는 다행히 빗장뼈와 갈비뼈가 조금 부러졌고 약간의 타박상이 있다고 했다. 딸 역시 빗장뼈가 부러졌다. 5명 중에 둘만 다쳤다. X-레이를 찍어야 한다며 내 옷을 가위로 자르겠다고 하는데 나는 안 된다며 벗어 보겠다고 했다. 상견례를 위해 새로 장만하여 처음 입은 옷이 아까웠다. 지금 생각해도 웃기는 나다. 예비 사위는 우리 소식을 듣고 바로 날아왔다. 마침 사위가 근무하는 병원이라 여러 절차를 수월하게 처리해 주었다.

큰딸과 나란히 2인실에 입원했다. 나는 생각했다. 우리 식구 중에 내가 다치기를 천만다행이라고. 강원도에서 새로 사업에 열중하는 남편, 팔십 노모인 시어머니, 공부 중인 막내딸 대신 내가 선택된 것은 천운이라고. 큰딸 몫까지 내가 담당했으면 좋으련만…….

왼쪽 빗장뼈를 지탱하기 위해 목에 지지대를 걸쳤다. 숨 쉴 때마다 가슴이 아팠다. 쇄골 2대가 다 부러지면 어깨가 폴더처럼 만난다고 해서 나도 모르게 웃었다. 웃으면 고통이 뒤따른다. 붕대로 두른 내 모습은 가관이었다. 그래도 두 손과 두 다리 멀쩡하여 밥도 먹고 화장실 다니는 일은 남의 손을 빌리지 않아도 되었다.

저녁에 병실에서 TV 시청을 했다. 얼마 전에 촬영한 '6시 내 고향'에 우리 가족이 나오기 때문이다. 남편은 강원도 고랭지에서 '여름딸기' 농사를 하였고, 그것을 촬영한 것이다. 방학이라 나와 작은딸도 그곳에 함께 있었는데 굳이 우리도 출연시켜 찍은 내용이다. 방송이 시작되고부터 남편의 핸드폰은 수없이 울려댔고 거의 100통의 통화를 하게 되었다. 역시 매스컴의 영향은 컸다. 마음 편하게 집에서 시청하고 있다면 얼마나 좋았을까.

뼈에서 진이 나와 예쁘게 붙을 때까지 유지해야 한다고 했다. 불편한 형태라 잠도 편히 잘 수 없었고, 진통제를 먹어도 아픔의 고통에서 벗어나기는 쉽지 않았다. 병실 창틈으로 아침을 맞는다. 사람들이 동동 버스를 기다리고 걸음걸이가 바쁘다. 불현듯 그들이 부러웠다. 역시 건강은 아파 봐야 실감한다.

친척, 친구, 동료들이 병문안을 왔다. 단조로운 긴 시간 속에서 달콤한 만남이었다. 꼼짝 못 하고 있어도 귀는 세상을 향해 열려 있다. 궁금한 것들을 알려 주고, 웃어 주고, 말해 주는 그들이 고마웠다. 그중에서도 가장 반가웠던 것은 내 문학 신인상 상패를 신달받온 인이다.

몇 달 전 수필 몇 편을 응모한 《수필과비평》사에서 보내준 상패였다. 기다리고 기다리던 신인상이다. 그동안 문학 동인 여러분의 등단한 모습을 보아왔다. 그때마다 꽃다발과 함께 축하해 주고 사진 찍고 행복한 시간을 보냈었다. 나도 주인공이 되고 싶다는 생각을 매번 했었다. 그런데 정작 나는 그 장소에 참석할 수 없었고, 이렇게 병실에서 받게 된 것이다. 전달해 준 교수님과 회장님께 다시 한번 감사드린다. 안타까운 마음을 더해

"현진씨, 다음에는 시인으로 등단해서 다시 신인상 받으면 돼. 그때는 멋지게 상도 받고 많은 사람과 함께 축하합시다."

하며 위로해 주셨다.

《아침문학》은 문학의 첫 발걸음을 떼게 해준 고마운 동인이다. 일 년이라는 시간을 정해 놓고 만났지만, 평생 같이하고 싶은 모임이다. 그러나 아침 10시라는 장벽은 허물 수 없었다. 학교로 복귀한 나는 안타깝지만 그만 쉴 수밖에 없다. 그래도 끈을 놓지 않으려고 방학 때마다 참석했다. 모임에도 두세 번 얼굴을 비치고 연례행사인 문학상, 신인상 시상식이나 출판기념회 등에 참석하곤 했다. 그때마다 반갑게 맞이해 주는 교수님과 회원님 덕분에 친정 같은 느낌을 받는다.

《수필과비평》은 수필가로 등단하게 한 수필전문잡지다. 문학인들이 만나 활동하는 단체의 크기를 알게 했고, 문학상 시상식의 영예로움을 직접 체험할 수 있었다. 해마다 문학상 시상식, 문학 워크숍, 문학기행 등 1박 2일로 진행되는 행사도 풍요롭고 반가운 문인들을 만날 수 있어 좋았다.

《인간과문학》은 지도 교수님이 주간으로 계시는 종합문예지로 창간호부터 함께 참여할 수 있었다. 원고 청탁을 받을 때면 설레는 마음도 있고, '문학의 밤' 행사는 반가운 이들과 행복을 나누기에 적격이었다.

하지만 학교에 메어 있는 몸으로는 모든 것을 미루어 두고 있다. 퇴직 후까지 말이다. 느긋함과 게으름이 글쓰기를 방해하고 있지만 언젠가는 열심히 활동할 것이다. 지금은 노란불이다. 대기 중!

딸 시집보내며

혜리야,

결혼을 축하한다. 부모로서 자녀의 결혼은 축복이기도 하고 서운함의 시작이기도 하다. 이제 우리 품을 벗어나 새 보금자리를 만들게 되었구나.

네가 태어나면서부터 지금까지 모습이 눈앞을 스쳐 지나가는구나. 너는 엄마와 아빠의 첫 번째 보물이었다. 뭐가 그리 급했는지 예정보다 일찍 태어난 너는 얼굴에 발간 태열기가 많았다. 초보인 엄마와 아빠는 네 배냇저고리를 갈아입힐 때도 고운 속살을 차마 거스를세라 간호사를 부를 수밖에 없었단다. 아빠가 너를 낳아 주어 고맙다고 보낸 편지를 읽으며 난 감동의 눈물을 흘렸다. 너의 탄생은 건조했던 집안에 행복한 웃음을 선사했다. 할아버지 할머니의 사랑을 듬뿍 받으며 하루하루 예쁘게 자라났다.

맞벌이 부모를 만나 일곱 살까지 따로 살게 해서 정말 미안했다. 부모의 빈자리를 조부모님의 넘치는 사랑으로 메울 수 있으리라 자위하며 주말만 엄마 노릇을 했다. 일요일 저녁에 너를 놓고 나설 때면 혹시 울까봐 매번 마음을 졸였다. 점차 적응하였는지 너는 할머니를 엄마처럼, 엄마는 언니처럼 여기고 있더라.

할머니 댁 베란다 공사로 일주일간 너를 데려왔다. 엄마랑 아빠 모두 출근이라 할 수 없이 동네 어린이집에 맡기러 갔다. 너는 거기 들어서기도 전에 악을 쓰며 울어댔다. 시간이 흘러도 진정이 되지 않아 첫날은 아빠가 너를 데리고 출근하셨다. 낯선 누군가가 가까이에 오기만 하면 너는 불안해서인지 온종일 토하면서 울어댔다고 한다. 둘째 날부터는 그래도 내가 낫겠다 싶어 너를 데리고 다녔다. 지금 같으면 민원의 소지가 있는 행동이나 그땐 서로의 처지를 이해해 주는 분위기였다.

음악 시간에 내가 오르간을 치면 너는 앞에 나와 춤을 추었고, 체육 시간에는 미끄럼틀 앞에서 놀았다. 1학년 학생들은 쉬는 시간마다 네 곁에 몰려나와 너를 만지면서 웃고 눈 맞추며 놀았다.

방학 때면 너를 데려와 지냈는데 그때가 참 행복했다. 예쁜 옷 입히고 놀이터에 가서 사진 찍는 재미가 쏠쏠했다. 백화점에 가면 모든 옷이 너를 위해 있는 듯했고, 그런 것으로 부모 노릇을 대행했는지 모르겠다. 밤이 되면 여전히 할머니를 찾으며 삐죽이는 모습은 내 마음 한구석을 먹먹하게 하곤 했다.

네가 학교에 입학할 무렵, 조부모님의 품에서 너를 데려왔다. 어린 너에겐 오롯이 독차지했던 사랑을, 낯선 동생과 나누는 엄마에게 아주 섭섭했을 것이다. 어린 네 마음을 그때는 잘 헤아리지 못했다.

네가 커서 이때의 섭섭함을 말할 때면 엄마는 죄인 같아 미안하다는 말조차 하지 못했다. 당시만 해도 육아는 엄마의 몫이라 생각했고 직장과 육아를 병행하는 나는 어떻게 그 시간을 보냈는지 기억이 잘 나지 않는다. 일찍 수업을 마친 너를 피아노 학원에 보내고, 미술 공부, 글쓰기 공부로 보내면서 퇴근하면 유아원에서 동생을 데려와 저녁 준비를 하곤 했다. 아빠는 매일 늦게 귀가했고 주말에는 시댁으로 가는 일정이라 내가 쉬는 날은 거의 없었다.

큰 딸인 너는 모든 가족의 기대 속에서 자랐다. 특히 할머니에게 너는 '천상천하 유아독존'이었다. 네가 퍼즐을 잘 맞춘다고 아침부터 "네 딸 천재다."라며 전화하신다. 병원에 다녀와서는 "의사가 혜리 눈이 백만 불짜리 눈이란다."라고 하며 기뻐하셨다.

그래서 엄마는 더 객관적인 위치를 지니려고 애썼는지도 모른다. 그것이 오히려 너를 주눅 들게 했다. 잘한다는 칭찬보다 잘못을 먼저 말했다. 우리 반에서 제일 잘하는 아이와 비교하는 오류를 범했다.

그래도 긴 학창 시절을 별사건 없이 곱게 자라 주어 고마웠다. 예민한 성격과 감성이 풍부한 너는 결국 피아노 전공을 택했고, 힘든 시간을 잘 견뎌 주었다. 가늘고 여린 손으로 종일 피아노를 치는 네가 안쓰러워 피아노 소음이라는 것을 전혀 의식하지 못했다.

엄마에겐 예쁜 딸이 자랑이었다. 네가 바쁜 나를 대신해서 집안일을 돕고 동생과 같이 지내서 엄마가 수월하게 직장 일을 병행할 수 있었다.

내심 '자식이 둘이라 다행이다'라고 생각했다.

어느덧 대학을 졸업하고 네가 진로를 고민할 때 엄마는 대학원 진학을 반대했지. 다행히 좋은 짝을 만나 이렇게 네 보금자리를 꾸미는 날이 와서 마냥 기쁘다. 너는 엄마처럼 맞벌이 부부를 싫어했지.
"엄마, 나는 내가 내 아이를 키울 거야. 할머니에게 맡기지 않을 거야."

네가 원하는 대로 현모양처의 꿈 이루기를 바란다. 남편에게 사랑 듬뿍 받고 예쁜 아기들 키우면서 너만의 고운 가정을 만들어가렴.

네가 떠난 방에 작은 피아노와 책들, 옷가지는 너의 분신인 양 아직 남아 있다.

혜리야, 사랑한다.

엄마가

수석교사의 길

매년 11월이면 난 바빠진다. 해마다 업적보고서를 만들기 때문이다. 이 보고서는 일 년의 정리 기록이 되기도 한다. 처음에는 업적활동평가 보고서 작성이 부담되고 해 보지 않은 일이어서 매우 성가셨지만, 이것도 팔 년째 되니 일상이 되었다.

수석교사제는 1982년 논의를 시작한 이래 30년 만인 2011년 6월 29일 관계법안의 국회 통과로 법제화됐다. 수업 전문성이 있는 교사를 수석교사로 선발해 그 전문성을 다른 교사와 공유하는 교원 자격 체계다. 교육행정 관리직(교장, 교감)과 이원화되어 현장 교육전문가로 도입된 제도인데, 난 2014년부터 합류했다.

그 당시 우리 권역(성남, 광주, 하남, 이천 등)에는 25명의 초등 수석교사가 있었다. 1학교 1수석을 만들겠다는 초기 계획이 있었다. 그러나 8년이 지난 지금, 정년퇴임 같은 자연 감소로 10명의 선을 지키지 못하고 있다. 경기도에선 수석교사 미선발 정책을 쓰고 있기 때문이다. 백년지대계를 논하는 교육계에서 3년을 넘기지도 못하는 정책을 세우는 것에 대한 의견을 묻고 싶다.

수석교사는 본인 수업 이외에 동료 교사의 수업과 연구를 지원하고 학생의 생활지도나 장학컨설팅 등 추가 역할을 한다. 재임 기간 매년 업적 평가와 연수실적 등을 반영해 재심사받고, 그 결과에 따라 연임 여부가 결정된다. 나는 2018년 재임용을 받았고, 정년까지 연임이다.

2019년은 코로나로 인한 학교 근무에 노란불이 켜진 상태라 수석교사의 역할도 차질이 있었다. 함께 모여 활동했던 컨설팅과 수업협의회, 장학, 전문적 학습공동체 등 모든 활동이 조심스러워졌다. 그동안 쌓였던 몇십 년 경험 노하우보다는 컴퓨터 작업 위주의 미디어 활용 능력을 받아들이기 벅찼다. 협동과 공유의 중요성을 주장했던 일들이 유명무실해지고, 강의 위주의 수업으로 대치해야 했다. 서툰 콘텐츠 원격 수업, 동영상 수업 제작을 개발해야 했고, 익숙하지 않은 줌 실시간 쌍방향 수업을 진행하는 등 새로운 시도를 많이 한 해였다. 무엇보다 시대를 역행하는 기분이었고, 기초학력 저하를 초래한다는 걱정이 밀려드는 어려움이 따랐다.

전 세계가 코로나로 인한 대응으로 단계 변화를 겪을 때마다 내가 만든 교사 교육과정도 수없이 바뀌었다. 수업 방법은 등교 수업, 원격 수업, 줌 수업에 따라 바뀌고, 수업 내용도 시기에 맞춰 또 바뀌고, 규모도 전체 학급이냐, 홀짝 부분 학급이냐에 따라 또 바뀌었다. 널 뛰듯 수업 계획을 바꾸면서 시행착오를 최소한으로 하려고 무던히 애썼다. 노력과 비교해 성과는 적었고, 멘토였던 내 역할에서 배워야 할 것이 더 많은 힘겨운 해이기도 했다. 그런 부단한 노력이 새로운 경험이 될 것이기에 긍정 마인드로 하나씩 배워나갔다. 학생, 학부모, 교사 모두 어려운 상황이지만 서로 이해하고 남의 탓보다 열린 마음으로 잘 넘어가야 할 고비였다.

코로나19가 앞당긴 언택트 시대, 그래도 중요한 것을 확인해 주는 계기가 되었다. 수업은 사람과 사람이 만나 이루어지는 활동이다. 교사의 역할은 인공으로 대치하기 힘든 부분이 있다는 깨달음이다. 지식 전달자로 전락하지 말자. 따뜻한 웃음과 사랑스런 배려, 인정해 주는 끄덕임이 학생들에게 큰 배움의 용기를 준다. 기분을 물어봐 주고, 모르는 것을 같이 궁금해 하고, 호기심을 갖도록 지켜봐 주고, 그렇게 지켜온 교사들이다. 명강의보다 따뜻한 손길을 한 번 더 보여 주는 교사가 절실한 시대다.

올해도 한 권의 책, 수석교사 업적평가보고서를 쓰면서 수고했다고 스스로 위로해 본다.

어느덧 수석교사로서 활동을 8년째 수행 중이다. 해마다 조금씩 쌓여가는 역량이 나도 모르게 표출되고 있다. 40년의 경력이 헛되지 않도록 동료 교사에게 작은 도움이라도 되기를 바라는 마음으로 살았다.

배움 중심 수업의 실천과 나눔, 각종 수업컨설팅과 멘토링, 동료 교사의 교육활동 지원, 연구 및 자료 개발, 수석교사 직무 역량 강화 연수 등 바쁜 일상이었다. 수석교사를 찾는 동료 교사의 손길이 빈번해질 때면 바쁜 일상에서도 행복감을 느끼곤 했다. 학교에서의 수석교사 역할뿐 아니라 교육 전반에 필요한 사람이 되기를 바라는 마음이다.

8년째 동결된 수석교사 미선발 공문을 더 이상 받고 싶지 않고, 내년에는 수석교사의 후임 선정으로 부족한 수석교사의 수가 늘어나길 바라고 또 바란다. 그래서 동료 교사 중에서도 교육의 전문가, 명예로운 교수직을 희망하는 수석교사의 길을 꿈꾸는 교사가 늘어나길 기대한다.

수업 이야기

시 수업(1학년 재미있는 시)

1학년 시 수업을 시작했다. 그림책 수업도 좋지만, 그림책은 담임 선생님이 많이 다룬 부분이라 시집을 안내해 주면 좋겠다는 생각이 들었다. 물론 교육과정에는 3학년부터 시가 소개되고 있다. 그래도 일학년에 알맞은 시를 먼저 다뤄 보고 싶었다.

수석교사로서 가장 자유로운 건 교육과정을 만드는 일이다. 교과서에서 벗어난 교재를 재구성하여 수업 디자인을 하는 일이 나는 좋다. 문학을 소재로 하는 일은 참 넓다. 시가 얼마나 재미있는지, 시를 읽으면 행복해지는지 경험하게 될 것이다.

코알라 시간표*

1교시 : 잠자기

2교시 : 잠자기

3교시 : 잠자기

4교시 : 잠자기

급식먹고

5교시 : 잠자기

아, 코알라는

잠자기 공부를 열심히 해서 잘 자는구나.

*박성우,《동물 학교 한 바퀴》중에서

역시 아이들 반응이 뜨거웠다. 이 시를 읽으면서 미소가 가득했다. 자신의 학급 시간표와 비교하며 '짐자기'라는 과목이 마음에 들었나 보다. 시를 읽고 웃음 지어지면 더 무슨 말이 필요하겠는가. 감상을 강요하는 것은 사족이다. 한 번 더 신나게 읽어보는 일이 더 낫다. 다른 시를 더 읽고 싶다고 안달이 났을 때 다음 시를 보여 주었다.

염소야, 내일도 학교 같이 가자*

1교시는 국어 시간이에요. 국어책 펴세요.

—선생님, 염소가 국어책 다 먹었어요.

2교시는 수학 시간이에요. 수학책 펴세요.

—선생님, 염소가 수학책 다 먹었어요.

3교시는 미술 시간이에요. 스케치북 꺼내세요.

—선생님, 염소가 스케치북 다 먹었어요.

조용히 하세요.

4교시는 받아쓰기를 할 거예요. 받아쓰기 공책 펴세요.

—선생님, 염소가 받아쓰기 공책 다 먹었어요.

*박성우, 《동물 학교 한 바퀴》중에서

이 시는 처음 시보다 조금 길다. 그러나 반복하는 구절이 있어 읽기에 재미있다. 1교시, 2교시 부분은 처음 시와 비슷하여 두 시를 연차적으로 읽어보는 것이 좋다. 선생님께 이르는 표현은 아이들에게 익숙한 표현이다. 바로 패러디가 이어진다.

"—선생님, ○○가 염소를 먹어요." 염소가 진짜 종이를 먹는지 모르는 친구는 옆 친구에게 묻는다. 염소는 펄프를 좋아해 종이류를 먹을 수 있다는 이야기로 상식이 늘어난다.

이렇게 시를 하나씩 접근하여 읽어본다. 시를 읽다 보면 일상에서 일어난 내 일과 같아 공감도가 높아진다. 저마다 "나도 그런 적 있어요."라고 말하게 된다. 그럴 때 자연스럽게 자신의 삶 이야기를 펼치면 된다. '어린이 시'는 어린이들의 공감도를 끌어올리는 시다.

오늘 읽은 몇 편의 시 수업을 마치고, 아이들이 시 재미있다고 말해준다. 감사하고 고마운 일이다.

독서 감상 활동(4학년 국어, 생각과 느낌을 나누어요)

시나 이야기를 읽고 감상하는 활동은 참으로 다양하다. 이번 수업에서는 평소보다 더 활동이 자유로운 수업을 열고 싶었다. 마음껏 생각을 펼치고 과감한 표현활동을 할 수 있는 장을 열어 주고 싶었다. 그동안 교실에서 조용한 수업, 앉아서 하는 수업, 소곤소곤 이야기하는 수업에서 책상을 치우고 공간을 넓히고 공연자가 된 듯한 기분으로 학생들의 생각이나 느낌을 다양하게 표현하는 수업을 계획하였다.

전 시간에 《팝콘교실》이라는 시집으로 30여 편의 시를 읽고 자신이 좋아하는 시를 고르고 낭송하는 활동을 했다. 이번에는 시 제목을 알아맞히는 마임 활동으로 시작했다. 이 활동은 시를 모두 알고 있어야 가능한 활동이다. 내용과 제목을 확인하면서 학생들은 시와 한층 가까워질 것이다. 학생에 따라 다양한 활동을 연출했다. 제목을 온몸으로 표현하기도 하고, 시 내용을 몸동작으로 표현하기도 했다. 서로 알아맞히면서 게임을 즐기듯 웃음이 번지는 표정이 만족스러워 보였다.

두 번째는 모둠활동으로 이어졌다. 모둠 구성에서도 평소 친한 친구나 남녀 구분 없이 6개의 '도레미파솔라'로 모둠을 구성하였고, 4명 또는 5명으로 모았다. 모둠원에서는 모둠 시 한 편을 선정하고, 표현 방법을 의논하여 모둠 발표를 할 수 있도록 연습 시간을 주었다. 노래, 몸짓, 정지 동작(타블로 기법), 핫시팅(인터뷰) 등 평소에 해 보았던 활동으로 대부분 계획했다.

교실 가운데를 무대로 하여 무대 예절도 알아보고, 관객으로서 지켜야 할 예절도 약속하면서 모둠별 표현 놀이를 서로 감상하였다. 모두 더 잘해 보려고 하지만 생각대로 되지 않아 힘들어하기도 한다. 활동이 끝나고 둥글게 원으로 앉아서 소감을 나누는 시간을 가졌다. 평소에도 수업

소감 나누기를 즐겨하는데 이 시간은 배움과 연결 짓기를 할 수 있어 매우 소중하게 생각한다. 학생들은 자신이 부족한 내용을 아주 상세히 알고 있다. 또한 칭찬하고 싶은 모둠원에게 아낌없이 칭찬해 준다.

시를 재미있게 표현하는 방법을, 실천을 통해서 배우게 되는 것이다. 책상을 벗어나 홀가분한 마음과 다소 산만한 분위기를 배제할 순 없지만, 학생들의 상상력과 창의력을 표현한 감상 활동이다. 아쉬운 점은 충분한 연습을 통해 서로가 만족한 공연이 되었다면 더 좋았을 것이다. 그러나 시간 제약과 부끄러움과 소심함 속에서도 멋진 공연을 계획한 학생들이 감사할 뿐이다. 사실 멋진 공연을 펼치는 것이 목적이 아니라 그 과정을 몸으로 익히는 것이, 이번 시간 수업의 목표인 것을 학생들은 간과한 듯하다. 나 역시 빈 교실 공간을 구하느라 애쓴 보람이 있었다.

다음 시간에는 이야기를 읽고 감상 표현활동도 멋지게 진행해 보려고 한다.

교육 연극(6학년 책을 읽고 역할극 하기)

그림책《거인의 정원》을 읽고 여러 가지 다양한 활동을 계획했다. 오늘은 그동안 연극의 기법을 종합하여 역할극으로 표현하는 마지막 2차시 블록 수업이다.

먼저 모든 학생이 참가하는 활동을 하기 위해 책의 내용을 여섯 장면으로 나누었다. 학생 4~5명으로 구성된 모둠을 여섯 개 만들기 위해서다. 학생들이 원하는 장면을 선택하되 겹치는 의견이 있을 때는 가위 바위 보로 조정하였다.

먼저 역할극을 준비하기 위해 모둠별 협의를 했다. 인물이나 사물의 역할을 맡았고, 적당한 대사를 적어 극본을 만들어갔다. 필요에 따라 소품과 음악 등 준비물도 챙겼다. 극본이 완성되면 모둠별 연습 시간을 주었다. 쉬는 시간을 이용해 연습 시간을 보충하기도 했다.

2차시 시작종이 울리자 전체 공연장을 꾸몄다. 교실 앞을 무대로 하고 뒤쪽을 관객석으로 하여 자리를 정돈한다. 전체 공연 시 약속을 정한다. 배우로서 공연 자세, 관객으로서 예절, 인사와 박수 등을 알려 주고 시작한다.

무대 막(검은 천)은 교사가 준비하고, 학생 2명에게 무대감독 역할을 주고, 조명감독도 1명 두어 교실 전등을 이용하도록 했다. 연출가를 정해 클래퍼보드(래디 액션!)을 외치면 공연이 시작된다.

장면 1부터 장면 6까지 순서대로 공연하면 이야기의 줄거리가 자연스럽게 이어지지만, 모둠에 따라 이야기가 잘 연결되지 않기도 한다. 하지만 모든 학생이 아는 이야기라 그리 무리가 없다. 스스로 계획한 연극이라 반응이 아주 뜨겁다.

공연을 다 마치면 전체 큰 원으로 앉는다. 사실 이제부터가 중요한 시간이다. 연기를 잘하면 얼마나 잘하겠는가. 서로 재미와 아쉬움에 할 이야기가 많다. 발표 스틱을 주고 시계 방향으로 서로의 느낌을 나눴다. 학생이 모두 즐겁다. 다소 연습이 부족해서 아쉬웠다는 학생도 있지만, 서로를 칭찬하며 웃는 얼굴이 보기 좋다.

오늘은 이 단원의 마지막 시간이기도 해서 단원 정리 겸 느낀 점을 한 문장으로 돌아가며 이야기하기로 했다. 학생이 이야기하면 전체 친구들이 박수 2번씩 쳐 주는 박수 도미노로 진행했다. 학생들 입에서 게임 놀이, 인터뷰 활동, 조각 꾸미기, 울타리 장벽 치기, 거인의 정원 꾸미기, 역할극 등 즐거웠다는 이야기가 나왔다. 학생 표현활동에 대한 적극적인 피드백을 제공하여 창작 능력을 키워 주는 일이 교사가 할 일이다. 다소 소란하고 서로를 배려하지 않는 아동이 있을 때는 얼굴이 찌푸려지지만 나 역시 감정을 누르고 학생들에게 최대한 맞춘다.

역할극, 정말 힘들다. 하지만 보람도 있다.

초보 할머니 벗어나기

50대 중반에 할머니라니! 할머니 소리 듣기엔 억울한 나이다. 처음에는 쑥스럽고, 적응되지 않았다. 어느새 손자 손녀 셋이다 보니 이젠 어쩔 수 없는 할머니로 인정하고 산다. 부모도 학습하고 자격증 받고 시작하는 것이 아닌 것처럼 할머니 자격도 내 의사와 상관없이 주어졌다.

초기에는 딸네 집에 자주 들러 우유 먹이고 기저귀 갈아 주며 고물거리는 아기를 들여다보는 재미에 푹 빠졌다. 맞벌이 부부로 살았던 나는 친가와 외가의 도움으로 아이의 어린 시절을 여유 있게 들여다보지 못했다. 자연히 추억도 적다. 그 시절을 보상하듯 손자의 배냇짓, 고물거림은 내겐 신세계였다.

첫 손자를 보았을 때 느꼈던 경이로움은 둘째 손자를 만나서는 조금 여유를 가지게 되었다. 아이가 걸어 다닐 무렵엔 좋은 할머니가 되기 위해 나름 애썼다. 키즈카페에 데리고 가서 사진도 많이 찍어 주고, 어린이 도서관에 가서 책도 같이 고르고, 자전거에 태우고 광장으로 나가 핸들을 잡고 따라다녔다.

셋째 아이 분만 시기에는 전적으로 두 아이를 돌보게 되었다. 평소 같이 살지 않아 어떻게 시간을 보내야 할지 까마득했다. 내 일을 할 때는 시간도 잘 가건만 아이 보기는 좀처럼 쉽지 않았다. 그래서 꾀를 낸 것이 뮤지컬 관람이다. 기동력 있는 나는 이태원, 신촌 등으로 아이를 태우고 다녔다. 요즘 인기 있다는 어린이 뮤지컬 《신비아파트》, 《뽀로로》 등을 보여 주었다. 틈틈이 간식 챙기고, 캐릭터 배우와 함께 사진도 찍어 카톡에 올려 줬다. 또 어린이 전용 극장에도 데려갔다. 요즘은 극장 시설이 좋아 아이는 극장 안에서 만화영화를 보고, 어른은 밖에서 화면으로 아이를 바라볼 수 있다. 먹을 것을 넣어 주고, "오줌 마려우면 일어나면 돼. 그럼 할머니가 바로 들어올게." 약속하면 되었다. 그러나 시간과 돈, 노력에 비해 효용 가치는 적었다. 다양한 시도에도 초보 할머니 티를 빗신 못했다.

　요즘 아이 셋을 키우는 딸이 안쓰러워 토요일에는 딸네 집에 들른다. 두 아이와 젖먹이 꼬마까지 어느새 세 아이 엄마가 된 딸을 위한다는 명목도 있지만, 고물고물 귀여운 손자들을 보는 재미에 푹 빠졌기 때문이다. 책을 읽어 주겠다고 그림책 여러 권을 사가도 관심은 짧았고, 책 읽어 주는 게 쉽지 않았다. 독서는 잠자기 전이면 모를까 몸이 가볍고 뜨거운 아이들에게 매력적인 놀이가 아니라는 것을 인정할 수밖에 없다.

　아이들 눈높이에 맞추자! 무슨 놀이를 하면 좋을까 물었더니 술래잡기를 하잖다. 방방 뛰는 아이 때문에 아파트 중간층에 살다 지금은 필로티 구조 2층으로 옮겼다. 사내아이 둘이 뛰어도 아래층과의 갈등이 없으니 마음 편하다고 했다. 술래잡기는 별 준비물도 없고 반백 년 세월이 흘러도 할 수 있는 놀이라 자신 있었다. 아파트가 연식이 있어 여기저기 숨을 곳이 제법 많았다. 내가 먼저 술래를 했고, 순식간에 숨어 있는 아이 둘을 찾는다. 작은 아이는 빤히 보이는 거실 커튼 뒤에 숨어 킥킥 소리를 내고 있다. 큰아이는 붙박이장에 들어갔는지 살짝 열려 있다. 순식간에 둘을 찾아내고 난 의기양양했다. 그런데 웬걸, 두 아이가 입을 삐죽이며 재미없다고 울려고 한다.

옆에 있던 딸이 "엄마는 그렇게 빨리 찾으면 어떻게 해요. 못 찾는 척 해줘야지요." 하며 슬쩍 알려 준다. 나는 룰 아닌 룰로 다시 술래잡기를 시작했다. 숨어 있는 옷장 옆을 열었다 닫았다 하며 "어디 숨었지?" 너스레를 떨었고 시간을 끌었다. 숨은 쾌감을 실컷 즐겼는지 이제는 나보고 숨으라고 한다. 나는 몸집이 커서 마땅히 숨을 곳이 많지 않았다. 화장실 문 안쪽이나 거실 커튼 뒤 정도여서 바로 들통났다. 나도 승부욕이 생겨 한번은 보일러실로 깊숙이 숨어 보았다. 아이들은 한참을 찾다가 결국 "못 찾겠다 꾀꼬리!"를 외쳤다. 난 통쾌감을 느꼈으나 아이들의 흥미는 멈췄고, 게임은 끝나 버렸다. 아이들과 즐겁게 놀아 주는 것도 요령이 필요하다는 것을 알게 한 놀이였다.

이젠 '술래잡기'뿐 아니라 '무궁화꽃이 피었습니다'도 그들 입맛에 맞게 잘 놀고 있다. 내년이나 후년에도 이런 놀이가 통할지 몰라 난 요즘이 즐겁다.

8월이 되면 학교도 유치원도 방학 한다. 나 역시 방학 계획을 세우고 강원도에 가서 쉬고 올까 싶었다. 그러나
"엄마, 8월에 두 아이 데리고 강원도에 가시면 안 돼요?"
하고 묻는 딸에게 난 자신 있게

"왜 안 돼? 시골에서 과일도 따고 물놀이도 하고, 재미있겠다."

하며 말한다.

무거워지는 마음을 뒤로한 채, 또 좋은 할머니가 되기 위해 애쓴다.

행복한 그림책

이 나이에 그림책을 사 모을 줄은 정말 몰랐다. 내 어린 시절, 1960년 대엔 그림책은커녕 변변한 책도 없었다. 내가 좋아했던 책은 그나마 월 간지 《소년》이라는 어린이잡지였다. 가끔 어른들 보는 여성잡지도 기웃 거렸고, 세계문학전집을 낱권으로 빌려 읽곤 했다.

긴 호흡의 책을 좋아해 단편보다는 장편을 즐겨 찾고, 수필보다 소설 을 좋아한다. 소설책은 아무리 재미있어도 여러 번 읽기는 쉽지 않다. 그래서 소설책을 소장하기보다는 빌려 읽는 편이다. 딸아이를 키우면서 그림책 전집을 사 주었고, 같이 읽어 줄 때도 그림책은 유아용이라고 생각했고, 나에겐 효용 가치가 없다고 판단했다.

7차 교육과정 이후 교과서 외에 다양한 수업교재로 그림책을 이용하게 되었다. 필요 때문에 어린이도서관에서 그림책을 훑게 되었다. 너무도 많은 형형색색의 책들, 판형도 가지각색이라 어떻게 책을 골라야 할지 막막했다. 그림책 연수의 필요성을 느꼈고, 차근차근 그림책을 공부하기 시작했다.

그림책은 글 모르는 아이가 그림만 보고 넘기는 책도, 글씨만 후루룩 읽고 덮는 책도 아니다. 글과 그림이 함께 어우러져 이야기를 전개하는 독특한 예술 형식이다. 그림이 많아 어린이가 주 대상이긴 하지만 결코 단순하거나 이해하기 쉬운 책이라고 넘겨짚을 수는 없다.

그림책에는 삶의 본질적인 모습이 녹아 있어 어린이뿐 아니라 어른도 즐길 수 있다. 책을 보다가 어느 순간 멈춰지는 부분이 있다. 깊은 감동, 감탄, 허를 찔리는 매력에 빠지는 순간을 경험하게 된다. 작가가 왜 이 그림을 넣었는지, 글과 그림이 어떻게 어우러지는지, 생략된 부분의 내용을 알아채야 하는 것 등을 독자로서 경험한다. 이런 경험을 하고 나면 그 책은 나에게 의미 있는 책이 된다. 마치 '어린왕자'가 소중히 여기는 장미꽃처럼.

그림책은 한 번만 볼 수 있는 책은 아니다. 어린이를 눈여겨보자. 읽고
싶은 책을 골라오라고 하면, 같은 책을 수십 번 가져와서 내민다. 읽을
때마다 지루해 하지 않는다. 나 역시 마음에 드는 그림책은 수십 번 들춰
본다. 한 번도 안 본 책은 많아도, 내가 산 그림책을 한 번만 본 책은 없
다.

책이라고 다 좋은 책만 있는 것이 아닌 것처럼, 그림책 역시 형편없는
것도 많다. 나는 책을 고를 때 작가는 물론 출판사도 보고, 이름 있는 수
상작도 눈여겨본다. 그림책의 노벨상 격인 칼데콧상을 수상한 작품은 남
다르다. 그림 자체의 예술적 측면 뿐 아니라 이야기와 주제를 그림을 통
해 효과적으로 표현하는 방식을 만나게 된다.

요즘엔 그림책을 즐기는 사람이 점차 늘고 있다. 어린이뿐 아니라 다
양한 계층이 즐긴다. 나는 그림책 동아리를 만들어 활동도 하고, 그림책
연수도 진행하고 있다. 많은 사람이 나처럼 그림책을 통해 행복한 시간
을 만나기를 바라는 마음이다.

그림책 이야기 하나

여러분! '똑똑해지는 약'이 있다면 사 먹을 의향이 있을까요?

그 약은 왜 필요할까요?

(대부분이 필요하다고 하고 공부 잘하고 싶다고 대답한다.)

이렇게 서두를 열고 그림책《똑똑해지는 약》을 펼쳤다. 뉴질랜드의 아름다운 섬, 와이헤케에서 사는 서머셋 부부의 그림책이다. 편집자로 유명한 마크가 글을 쓰고, 부인인 로완이 그림을 그렸다. 장난스러운 이야기와 단순하고 코믹한 그림으로 커다란 웃음을 만들어냈다. 지금은 인기가 아주 많은 책이지만 초창기에는 교육적이지 않다고 출판을 거부했다는 이야기가 있다.

이 책은 양(메메)과 칠면조(칠칠이)의 대화체 이야기다. 만화처럼 말풍선으로 되어 있어 대화하듯이 번갈아 읽을 수 있다. 이름에서도 알 수 있듯이 칠칠이는 메메의 꼬임에 빠져 똑똑해지는 약(?)을 먹게 된다. 누구나 똑똑해지고 싶은 갈망에 부채질하고 공짜라는 꼬임은 쉽게 넘어가게 한다.

책을 읽고 나서 누가 똑똑한 걸까? 물으면 모두 양 메메라고 대답한다. 칠칠이처럼 당하면 똑똑하다고 할 수 없다. 그렇다면 메메는 똑똑한 걸까? 다시 질문한다.

똑똑한 것은 뭘까? 친구를 속이고 골탕 먹이는 행동을 똑똑하다고 할 수 있을까? 우리는 왜 똑똑해지고 싶어 할까? 여러분이 똑똑해졌을 때 하고 싶은 일은? 메메와 같은 사람이 많다면 사회는 어떻게 될까? 내가 생각하는 똑똑함은 무엇인가?

다양한 질문 속에서 사회에 필요한 사람은 어떤 사람인지, 자신의 가치관은 무엇인지 생각해 볼 수 있다. 이 책이 교육적이지 않다고? 어떻게 읽고 감상하느냐에 따라 충분히 교육적일 수 있다.

그러나 무엇보다 이 그림책은 재미있다. 아이가 읽어도, 어른이 읽어도. 한번 같이 읽어볼래요?

그림책 이야기 둘

장난꾸러기 메메 시리즈 2편 《레모네이드가 좋아요》이다. 1편 《똑똑해지는 약》의 후속편이다. 작가와 출판사 역시 같다. 1편을 읽었다면 이 책역시 아이들의 눈높이에 맞는 장난과 유머를 통해 커다란 웃음을 선사하고 책 읽기의 즐거움을 알려 주는 그림책이라는 것을 눈치 챘을 것이다.

1권에서 장난꾸러기 어린 양 메메에게 속아 '똑똑해지는 약'이 아닌 똥을 먹었던 칠면조 칠칠이. 이번에는 복수를 다짐한다. 메메에게 염소 빌리의 오줌을 '신선하고 맛있는 레모네이드'라고 속이고서. 하지만 실수로 칠면조와 양한테 공짜라고 말하는 바람에 먼저 레모네이드를 마시게 되는데⋯⋯. 불쌍한 칠칠이, 눈치 빠른 메메에게 또 당하고 마는 걸까?

일상생활에 흔히 쓰이는 말을 따라 하고 반복하는 형식으로 구성되어 있어 누구나 쉽고 재미있게 읽을 수 있다. 이 책의 끝 장면을 보면 누구나 연상되는 이야기가 떠오른다. 바로 창작의 욕구를 건드린다. 이제 3편은 문제없다. 실제 3편은 없지만, 독자 중에선 3편 출간하고도 남는다. 실제 학생들은 도전자가 많다.

이 메메 시리즈 그림책은 책의 마중물이다. "책 읽기 싫어요." "재미없어요." 하는 친구들에게 읽히면 모두 빠져 버리는 책이다. 이 책을 읽고 나서 "또 재미있는 책 없어요?"라는 질문을 받게 된다. 이쯤 되면 성공적이다.

　나는 책 읽기에서 마중물은 필요하다고 본다. 책 읽기가 힘들어질 때 달콤하고 재미있는 독서법이 필요하다. 달콤한 책은 읽기 어려운 책을 무난하게 읽을 수 있게 하는 힘이 있다. 시기적절할 때 권할 수 있는 책을 징검다리로 하면 독서 활동을 쉼 없이 지속할 수 있다. 자신만의 방법으로 책 읽기, 도전해 보자!

드디어 학교 졸업하다

길지 않은 인생에서 55년을 다닌 학교!

7살에 학교에 입학해서 의무교육을 마치고 중·고교를 지나 대학을 거쳐 교사가 되었다. 다시 의무로 40년을 넘게 학교를 다녔다. 내 일터, 놀이터, 생활터였던 학교로부터 드디어 졸업하게 되었다. 흔히 정년퇴임이라고도 말한다.

드디어 나도 학교 졸업한다.

나는 학교에 대해 하고 싶은 말이 많았다. 그 수다를 마음껏 떨고 싶었다. 어설펐던 어린 시절 기억의 학교, 시험과 입시로 숨 가빴던 학교, 친구들을 만나는 놀이터 학교, 새내기 어설픈 교사 생활을 시작한 학교, 내 일상이고 만만한 학교, 울고 웃고 바쁘고 힘들고 오감이 교차한 학교, 꿈을 찾으며 헤매던 학교……

　다행이라면 나는 학교생활이 즐거웠다. 해가 바뀔 때마다 새로 업로드되는 생활이 좋았다. 마주하는 학생도 바뀌고 학년도 바뀌고, 4~5년마다 근무지가 바뀌는 것도 새로운 활력이 되었다. 다람쥐 쳇바퀴 돌 듯 반복되는 일상이 지겨울 만도 하건만, 새롭게 만나는 학생들은 항상 처음처럼 설레게 한다.

　나는 3월을 좋아한다. 3월이면 개학과 동시에 새로운 학교생활이 시작된다. 같은 교실이라도 앉아 있는 학급 학생이 다르고, 동료들이 하나둘씩 바뀌는 인적 구조로 새로움은 배가된다. 비록 전년도를 답습할지언정 다시 시작하는 기분이다. 학급구성원과 다시 계획을 세운다. 개개인의 이름이 다르고, 얼굴이 다르고, 성격이 다른 아이들은 전혀 새로운 분위기를 뿜어낸다. 나 역시 그들의 아우라에 따라 때론 강하게, 때론 부드럽게 이끌곤 한다. 그래서 난 해마다 삼월의 인연을 아주 소중하게 생각한다.

올해에는 어떤 아이들을 만나게 될 것인지 생각하며 흥분한다. 삼월의 첫날 가장 좋은 옷을 차려입고 예쁘게 웃는 연습을 하며 아이들을 맞을 준비를 한다. 나와 함께 인연을 만들어갈 아이들을 위해 처음처럼 가슴 설레며 이 의식을 치를 준비를 한다. 가끔 나를 지치고 힘들게 하는 아이를 만나 나의 인내력의 끝을 달려보기도 하지만 그것도 교사로서 갖는 수행의 일부라 여긴다.

아이들은 금방 정을 주고 쉽게 잊기 때문에 나 역시 아이들 짝사랑을 길게 하지 않는다. 출가시키는 자식처럼 내 품에서 바로 정리하려고 한다. 복도에서 마주칠 때면 밝은 미소를 나누는 것으로 족하다. 가끔 안아주기도 했다. 그러다 먼 훗날 나를 좋은 기억으로 생각해 준다면 다행이며, 감사하게 생각할 뿐이다. 그러나 가끔은 첫사랑의 진한 기억처럼 오래전에 졸업시킨 아이들이 심상으로 하나둘 떠오르기도 한다. 아마도 마음속 한 자락에 둥지 틀고 있나 보다. 하지만 요즘은 건망증이 심해지고 기억이 희미해져 가는 물리적 현상 탓인지 강도가 점차 약해져 간다.

학교생활에서 달콤한 축복이라면 여름 방학과 겨울 방학이다. 두 계절이 지나면 나도 학생도 지치기 시작한다. 방학이 필요한 시간이다. 나 역시 100번도 넘게 방학을 즐겼다. 방학은 뭐니 뭐니 해도 계획을 짤 때가 기쁨이다. 우리는 모두 경험했을 것이다. 생활계획표는 짜는 순간만 의미가 있다는 것을. 그래서 대강화가 필요하다. 꼭 하고 싶은 일 세 가지 정도만 정하면 된다.

코로나19 사태는 이런 방학의 축복을 희석화시켰다. 오히려 등교수업을 갈망하게 하고 규칙과 소속감을 그립게 했다. 너무나 익숙해서 고마움을 모르는 우리를 조용히 나무라는 듯했다. 예측하지 못한 팬데믹 시대의 학교생활도 나에겐 특별한 경험이 되었다.

이제 나는 방학도 개학도 없는 졸업이다. 학교라는 울타리를 당연히 여겼던 나는 그 문을 나서서 혼자 오롯이 걸어가야 한다. 어쩌면 습관처럼 3월의 첫날 설레는 마음이 들 수도 있겠다. 가끔은 교문을 들어서고 싶은 충동을 억제하지 못할 때도 있을 것이다. 운동장을 통해 동요 소리라도 들리면 힐끗 나를 부르는 소리라고 착각할지도 모르겠다. 그러나 이건 모두 오랫동안 몸에 밴 습관의 일부라고 말해두련다.

졸업은 문을 닫고 또 다른 문을 여는 일이다. 그동안 규칙이라는 울타리에 갇혀 있었다면 훌훌 털고 캐리어 하나 끌고 마음대로 떠나는 여행처럼 자유를 누려도 되는 일이다. 늦잠으로 지각할까 봐 마음 졸이는 일도, 개인 사정으로 눈치 보며 조퇴할 일도 없겠지.

하지만 몸에 밴 습관은 문신처럼 깊이 새겨져 쉽게 털어지지는 않을 것이다. 아마도 뭔가를 배우고 싶어 안달할 수도 있겠다.

인생 2막을 열 때다.

이제 나무처럼 한 곳에 뿌리를 내리고 머무르기만 하지는 말자. 삶에서 내 인생은 내가 연출가고 주연배우다. 세상은 넓고 할 일은 많다. 건강이 허락되는 한, 도전하며 살고 싶다. 계획은 대강화로 세 가지만 정할 것이다.

굿바이 마이 스쿨!
굿바이 학교!

안현진

굿바이 스쿨

인쇄 2021년 11월 25일
발행 2021년 11월 30일

지은이 안현진
발행인 이노나
펴낸곳 인문엠앤비
주소 서울특별시 종로구 북촌로4길 19, 404호(계동, 신영빌딩)
전화 010-8208-6513
이메일 inmoonmnb@hanmail.net
출판등록 제2020-000076호

저자와 협의, 인지는 생략합니다.
잘못된 책은 바꿔 드립니다.

ISBN 979-11-91478-07-5 03810

값 12,000원